Les Flâneurs ou les chasseurs de poésie

詩歌探偵フラヌール

高原英理

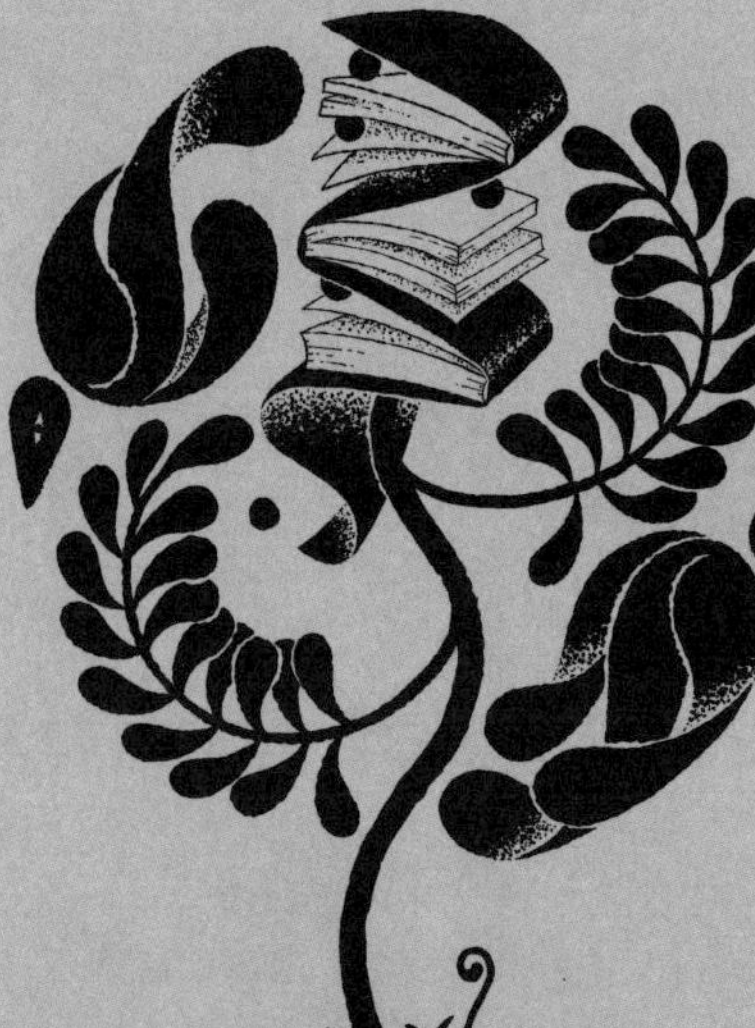

河出書房新社

詩歌探偵フラヌール　目次

Table des matières

装幀　名久井直子
装画　カワグチタクヤ

詩歌探偵フラヌール

flâneur 01

フラヌール

「フラヌールだって」

「え」

「ベンヤミンだって」

「何」

「行こう」

とメリが言う、フラヌールはベンヤミンの『パサージュ論』に出てくる言葉で、日本語にすると「遊歩者」だって。

「フラヌールしよう」とメリは続けて、それって、するものなの？「遊歩する」ならわかるけどって言うと「こまけえことはいいんだよ」とメリが、それで僕たちはフラヌールになった。

「無限にあるよ」とメリが言う路地と路地は中方線の駅々から広がっている狭くて小さい店の並ぶ、そうです僕も好きなので、でもそれってパサージュなのかなあ、こまけえことはいいよね。

ドレミ横丁は本迎司《ほんげいし》駅の南側にあって鉄道の向きからすると斜めになった道が多くて「ナナメ路地」とメリは言う。それが碁盤目みたいなんだけど斜めだから平行四辺形の、ってこまけえことはいいよね。入ってすぐの、一番よく知っている店は大熊っていう、とんかつ屋さんで、隣には狭い、二坪くらいかな、カウンターに椅子二つだけのコーヒー店、っていってても本来はコーヒー豆店で、ついでに喫茶もできますって感じ。

居酒屋、小物屋、靴屋、蕎麦屋、と進み進み、フラヌールしていると抜けて広い道に出て、道路の向かい側に民家の、古くて苔の緑を薄くあちこち塗り付けたみたいなブロック塀が見えて、それ指さすメリが、

「おわあがいる」

あ、ほんとだ、塀の端のもっさりした葉の繁る大きな樹のそばに白黒と茶トラのおわあが安心顔で座っている。

「おわあ、こんばんは」

「おわあ、こんばんは」

「おぎゃあ、おぎゃあ、おぎゃあ」

「おわああ、ここの家の主人は病気です」

って、知ってる？　って言われて、それ、萩原朔太郎の詩だね、でもそのおわあは「まっくろけ」って書いてなかった？　いや、こまけ（以下略）。

このあたり、おわあたちが多くて、誰かノラおわあに餌やってる人いんのかなあ。

横丁から出た先のぐっと広くなった道を少し東へ行くと、視界は開けて、さらにもっと広い公園が、すかっと白い石畳で、真ん中に丸い噴水がすわすわ上がっていて、ちょっと高級感、ていうか、ここだけすごく整備された都心にいるみたい。

「この感じ『殺人事件』だなあ」

ってメリの言うのは？

「朔太郎つながり」

「ふうん。どんな」

「そういう詩があんの」

でも暗唱はできないとメリは言うので、僕は指し示す、ほら。

右側向こうに見える白亜の大きな建物は図書館だった。本迎司公園は本迎司市立図書館に付属している。

「朔太郎さんの詩集ならすぐみつかるよ」

と言って僕たちはまっすぐ堂々、図書館へ、ああ天井が高い。晴れた空の下に大きく佇む白い建物の中、翳りある静かな書架のいくつもいくつも立ち並ぶ、その合間に分け入って、文学、詩集、はひふへほで始まる著者の、あったあったはぎわらさくたろう。萩原朔太郎詩集。

有名なのは『月に吠える』だねそれと『青猫』。

「殺人事件」は『月に吠える』に入っていた。

メリが朗読しようとしたけど、あたりに気遣って二人で黙読する「殺人事件」萩原朔太郎。


とほい空でぴすとるが鳴る。

またぴすとるが鳴る。

ああ私の探偵は玻璃《はり》の衣装をきて、
こひびとの窓からしのびこむ、
床は晶玉、
ゆびとゆびとのあひだから、
まつさをの血がながれてゐる、
かなしい女の屍体のうへで、
つめたいきりぎりすが鳴いてゐる。

しもつき上旬《はじめ》のある朝、
探偵は玻璃の衣装をきて、
街の十字巷路《よつつじ》を曲つた。
十字巷路に秋のふんすゐ。
はやひとり探偵はうれひをかんず。

みよ、遠いさびしい大理石の歩道を、
曲者《くせもの》はいつさんにすべつてゆく。

「いいでしょ」

「いい　いい」

すぐまた外に出て公園中央に真向かえば、今はそのまま十一月上旬の、秋の噴水で、朝ではないけど、このモダンな形の噴水はきっと。

「一九二〇年代くらいにできたのかも」

「新しいから違うよきっと」

でもモダン溢れて水溢れて、空は秋の青さ。

曲者はどこにいる？

「なんかさあ」

「うん」

「怪人二十面相と明智小五郎の感じもあるね」

「うんうん」

じゃあ続けようか、僕たちのフラヌール、フラヌールってフランス語の名詞だね、もとの動詞の語形変化わかんないけど。ベンヤミン、ドイツ語系の人なのにフラヌール。

ということよりも、そうだ江戸川乱歩。萩原朔太郎と仲良しだったって、とメリ、よく知ってるね、でも朔太郎さんは『パノラマ島奇談』が素晴らしかったので、会って話した時、私たちは意気投合したんだけど、でも、乱歩さんの少年愛にはついていけなかった」って。

ほんとよく知ってるなあ「おまかしやす。今日日ＢＬは女子のたしなみどす」

メリ出身京都だった？　いいから先へ。

もう一回戻る路地へ、でも商店街ではなくて、今度は住宅街の間間の、あったこれ、建物、家の狭間の、こんな狭い所が数メートル四方の空き地になって、草いっぱいで、それが秋のやや枯れ具合につわものどもが夢の跡醸《かも》し出してる中に、案外意外、三メートルくらいあるような木みたいなのが立ち上がっていて、木に見えるけどこれも雑草の巨大な奴かなあ、すごく成長の早い、もともとこの地に生えてたようには見えない。

葉も大きくて、周囲を何枚か、葉が屋根のように覆っている。

葉の下には小さい人がいるよ。メリそれは乱歩じゃなくて水木しげる方面じゃね？

コロポックルは北海道。「蕗の葉の下にいる人」。水木先生以前からアイヌの人たちの間で語り伝えられていた妖精みたいなの。悪いことしない。妖精、っていうとなんかお洒落。妖怪っていうとかなり違って、そうだなあ、乱歩さんにちなむなら妖怪のほうがいいかな。それより「妖虫」とか「一寸法師」、でも今、一寸法師ダメだよ、差別。

草ぼうぼうだね。葉が影作ってるね。こういうところ、おわあは大好きじゃないかな、隠れる所いっぱいで。

「小さくなってかくれんぼしたい」

「それで草の隙間からこっそり覗く」

「乱歩らしくなってきた」

「でもさ」

うん、萩原朔太郎路線で行きたいんだ、今回は、乱歩はスパイスってことで。とはいうものの、朔太郎には「腐った」とか「べろべろの」とか「病気の」とかいう言葉が多い。それと何かと言うと「さみしい」だ。かなーり湿った、影いっぱいの世界。「でも中にちょっとハイカラなところもある」とメリが憶えているという「天景」から、

　しづかにきしれ四輪馬車

その後は思い出せないけどって、でもこれだけでもなんかちょっと素敵感ある。「よんりん」と読まない。「しりんばしゃ」っていうのもそういう言い方あるのか知らないが、いい響き。

わたしの靴は白い足あとをのこしてゆく、
ほそいすてつきの銀が草でみがかれ、
まるめてぬいだ手ぶくろが宙でをどつて居る、
……
若くさの上をあるいてゐるとき、
わたしは五月の貴公子である。

ほらね「五月の貴公子」。

いいけど。でも。

雲。ゆくゆく。もう少し、犯罪入っててもいいじゃない。「殺人事件」なんだし。

遊歩者の姿の中には探偵の姿があらかじめ形成されている……『パサージュ論』から。

「思い出した」と僕は言って、連れてゆく、メリ、連れてゆかれるよ、こっちこっち、暗い方、街の秘密なところ、心地よく秘密めいた場所、また違う作家の題名だけど、でもいい題だなあ、翻訳だから原題知らないけど、翻訳家がセンスよかったんだ。

こっちこっち、狭い道をまがってくねって、奥の奥、こんなに住宅街はどこまでも、でもここ、ちょっとだけ暗くなってるみたいに思える。少し雲翳ってきたのかな、それともこの場所へくると空も翳るのかな。

モルタルが汚れて罅《ひび》の入った壁、いずれ建て替えるのかもしれないけど今はそのままな建物の鉄部分が錆びて錆びて、なんか人の声も聞こえない、周りに人住んでるのかなあ。そこ、建物の間に暗がりがあるね、朔太郎求めたけどやっぱり乱歩だね。

昭和の初めころ、東京にはこんな探偵趣味のフラヌールたちがいっぱいいたんじゃない？　江戸川乱歩とベンヤミンって、二歳くらいしか違わない。

「ええ？　そうなの？」

するとメリは言う、ヴァルター・ベンヤミン一八九二年生まれ、江戸川乱歩＝平井太郎一八九四年生まれ。二人が会ったことはないと思うけど。

「やっと来た、ここ」

そこには幅広くて二階建ての、どう考えてももう人は住んでない、取り壊し待つばかりの古いアパートだ。道に向かう側の、外付け素通しの二階の廊下から、だあだあと緑と茶色の雪崩みたいなのは、なんかの観葉植物だと、だったと思うのだが、それが二階廊下の一角から繁殖して廊下伝いに伸びて広がって溢れて、簾のように一階にまで下がっていた。手入れする人がいないってことだなあ。

「お化けもう出てる感じだね」

「だねー」

と、このお化けアパートにはちょっと謎の噂があって、夜中、ときどき二階のどれかの窓に明かりが灯る。

お。出た。得体の知れないものがいる、なら水木しげるだけど、なんかそれより、犯罪の香り？　少年探偵団ならこっそり忍び込むね。そいで二十面相に捕まるね。

「おや、小林君、ふるえているね、怖いのかい？」って顔寄せて二十面相、それを救いに来る明智探偵。

「ああ明智先生！」

「わはは、また会おう明智君！」

気球につかまって空をゆくゆく二十面相。

て、もうね、なんか歌舞伎みたいだね、いい場面だなあ。「ふるえているね、怖いのかい？」

でも今は昼だし、そんなに危険と思わず覗いてみよう、メリはすんすん先へ進んで、錆びて蔦《つた》かなんか絡まる鉄階段をこかんこかん言わせながら上って、僕は後から続く。

植物の繁茂とそこはかと残る塵屑で大洪水の後みたいな二階の外付け廊下も越えて、探検だ。

端から二つ目の扉に手をかけてメリ、

「鍵、かかってないよ」

と海老茶色みたいな、どよんとした色の扉を開ける。

塵埃いっぱいで家財も古びて床には大小のものが散らばってと予想していたら案外片付いていて、

「やあこんにちは」

って、布団もない古そうなベッドに座って、そう言うあなた、誰、って侵入者の僕たちが言える言葉じゃないんだけど、でもここ、空き家だよね、そこにいるあなた、ベージュのフィッシャーマンベストがほどよく薄汚れてニットキャップの五十過ぎたくらいの浅黒いおじさんは、ごく自然に見てホームレスがいいねぐら見つけて住んでるようにしか見えないんだけど、そんな判断をしているうちにメリは、

「おじゃましまーす」ってフレンドリー。

「うん、ようこそ」っておじさんは意外に紳士的。昔はけっこういいところの重役とかや

ってたけど、この不況で会社が倒産して、って自分なんだかありきたりで少し恥じた。メリはどう考えているのだろう。

「妖怪探しに来ました」

「うんうん、夜出るよ。三つ向こうの部屋」

「見ましたか」

「見た見た。全身毛だらけで顔も何もよくわかんないんだ」

「すごすね」

といい会話してんじゃん。お化け、ほんとう?

「ぼくたち探偵団でーす」

って加わってみたら、

「それなら是非是非」

と言われて三人で会議始まりだ。

「あの、僕たちはメリとジュンです」

「俺は」

と話すおじさんだが、何のことなのか、何か言ってることはわかっても、誰なのかどうしてここにいるのか全然わからない。

「というわけで」ってどんなわけなんですか。

「それはすごすね」ってメリ、わかってんの?

「で」

「うん」

「お化けなんですけど」

「この時間だとなあ」

「怪しいことならなんでもいいす」

「じゃ地下だ」

え、ここ、地下室あんの？　そりゃ怪しい。犯罪の香り。

「曲者いますかね」

「いるいる」

いるいるお化けが住んでいる。って言ったらおじさんが、

「モーリス・センダックの絵本」

て？　おじさん、なに？　絵本の『かいじゅうたちのいるところ』は昔ね、『いるいるおばけがすんでいる』て題名で出てたよ、って、ええー、そうなの、おじさん、さすが齢の人。

「でもどこから入るんでしょう」とメリ、すると、

「一階の東から三番目の部屋の床に」

引き上げ戸があるからって。

「じゃ、行ってみます。ありがとう」

「ありがとう」、物知りのホームレス的おじさん。

でも本当にあんのかなあ、地下室。

嘘つかないよ、きっとあのおじさんインディアン（ノー、ユー、シュドセイ、〝ネイティブ・アメリカン〟）みたいだし。ってそのギャグ昭和だよね、知ってる僕も昭和テイストごめんなすって。知らない人には教えよう、昔「インディアン嘘つかない」という決まり文句があったのだ。いったいどこでどう発生したかわかんないが、きっと西部劇かなんかのアメリカ映画かテレビドラマに出てきた言葉だと思うんだ。

僕たちはユーチューブに記録されたテレビコマーシャルとか古いふるーい漫才とか漫談とかの懐かし映像見ていて知っている。なんか尋ねられて「本当かよ」とか言われると「インディアン嘘つかない」と答えるのね。だいたい嘘なんだけど。でもこれはもともと「白人は嘘つくけど」という先の言葉あっての……

こまけえことはどうでもいいのであって、地下室なあ。あるかなあ。と階段降りながら。

「東って？」とメリ。

「うんとねー、今午後三時頃でしょ、太陽が南でそっち向いて左で」と言いながら、廃墟アパートがだいたい南向きで東西に長いと判断して、「こっち」

端から三番目、

「ここだね」

「ここだね」

はい、やっぱりここも海老茶的どよん色の扉。引っ張れば開くか開くか。

「開いた」

「開いた」

中、薄暗いね。そうだね。あたり前だね。人いないなら電気ついてないし、鍵かかってないなら人住んでないし。人住んでないんだなあ。

でも部屋の隅は暗いけど窓があってカーテンなしだからがらんとして何もないのはわかった。

家具は全然ないね。カーペットもないから、引き上げ戸はすぐみつかるはず。

「あるある、これ」と指さすメリ。

壁脇の、水道蛇口がないけど流し台らしい設備のすぐ足許に大きく四角い木の枠と板の蓋みたいのがあって、一方に指先でちょいと引き上げて持つ黒く錆びた金属の把手が寝ていて、これ引っ張ると蓋が持ち上がるはず、と見えるけど、

「アパートに地下室かあ」珍しい。

と言いながら、寝把手を起き把手にして右手で握って、えいっと持ち上げるとあんまり重くない感じで開いたです。

「ほんとにあったね」とメリ。同意。意外と言うか、おじさん嘘つかなかった。

覗けば灰色の木の板の階段が下へ、地下へ、薄暗くおいでおいで、とこれは怪しいね。

「怪しいね」とメリ。

でもここ、扉にも上げ戸にも鍵がかかってないし、誰でも入れるわけだね。

「そこがより怪しい」

といってもなあ。でも怪しスモークもやもや上がってきてるね。だからいいので、と今度は、より気になる僕が先に立って一歩一歩降りるのだった。

「食糧倉庫かなあ。災害の時用の」とまともなこと言ってみたけど、本当はそういうのは期待していない。

「拷問部屋でしょ」とメリ、それはあったらすごいけど、いきなり九十五度のスピリットくいっ、て呑むみたいな発言、いや、もう少し水で割りましょうよ。無理筋の期待し過ぎは悪酔いするよ。

でもそれより、これは暗い。一階分降りて、階段の尽きた所に立つと奥が見えなくて、これじゃ手探りで進むのか。と後ろ振り返って入口の方見上げると、階段途中に立つメリが、左側の壁のとこ指して、

「ここにスイッチあるよ」と言うので「入れてみて」

パチッと音のした瞬間に、そこは明るくなって、とは言いたいのだけど、確かに電気は点いたな。でも。

「うっすぐらー」

うん。

自分のいる所から五歩くらい先の上の方にぼやーっとしたオレンジ色の裸電球がひとつ、

灯っていた。ないよりましだが、これはもうぼんやり夢世界ですね。

そして見えてくる、床がちょっとゴム的な肌色のリノリウム張りで、壁脇にいくつも立つ棚とか大きな長持ちみたいな箱とか。

「考えてることはわかるよ」メリ、わかるぞ。

その長持ちは蓋を閉めるとパタンと上から降りてしまう鍵がかかっていて、それ外して蓋を開けると中には。

「おわあが」

違うでしょ。死体でしょ、死体。子供とかくれんぼしていて入ってみたら勝手に鍵が降りてしまって出られないまま死んだ人。

「で、一度は蓋開けるんだよ、その人の奥さんが」でも。

夫のほかに愛人のいた妻は、もう一度蓋を閉めて、鍵をかけて。

「やっぱり乱歩になっちゃうね」

そう言えば、ここ、やたら広いじゃないか。というか、一階の部屋は別々なのに、ここの床下は全部繋がってて、え、じゃあ、地下室の天井に小さい穴をあければそこから上の部屋が覗ける。

「床下の散歩者かあ」もう乱歩三昧ですわ。

でもメリは言うのだ、ここで子供とかくれんぼする人はいないし、床下から覗いても一階の部屋には誰も住んでないし。はい。そういうことで、乱歩モードはここまでとします。

壁側の棚を見ると埃だらけの、遥か昔に期限切れの缶詰がいくつかあった。

「これ。賞味期限一九七一年二月」

長持ちみたいな箱を開けてみると中は空で、底の方に米粒がいくつかあった。

「米櫃にしてたんだ、きっと」

ということで、やっぱり元食糧倉庫で、期待される犯罪の香りはなし。ま、そんなとこでしょう。と思っていたら、メリが、

「ほら、ここ」

と足許の方を指さしている。

床をよく見ると、そこに、歪んだ顔のようなものが描かれていた。黒い油性ペンかなんかで、ざざざっと、デッサンみたいに、というか、下手な劇画風にというか、確かになんか顔とわかるものがあった。顔だけで髪とかは描いてないけど、この顎とか口の感じは男性かなあ。

「やっと見つかったよ、朔太郎」

何それ。するとメリが暗唱した。

　地面の底に顔があらはれ、
　さみしい病人の顔があらはれ。

「地面の底の病気の顔」萩原朔太郎『月に吠える』より。

だそうです。最初の二行しか暗唱できないそうです。また図書館で全部確かめようね。

でもこの顔、病気の顔なのかな。

それはそれでいいじゃないの。こまけぇことは……

「はい」

こんなところで朔太郎物件発見かあ。来た甲斐あったでしょ、メリ。

「うんうん」

なんでもない薄暗い地下室だけど、

「心地よく秘密めいた場所」、そうだね。

もう少し探検しようか。と思ったけど、埃と期限切れ食糧ばっかりの様子なのでちょっと深呼吸しに一階へ上がろう、とメリ、僕の順に階段上がって、ここもあんまり綺麗な部屋とはいかないが、空間の感じが開放的なので、メリと両手を広げて、ふー、ふー、はー、と三回深呼吸、したところで、どうしたことか、上げてあった地下室入口戸がぱたんと閉まって、おや、と把手を持ち上げて引っ張るのだが、上がらない。

これはやっぱり。

やっぱり。

そうかやっぱり。

「いるのかな」

「いたのかな」

必要ないけど報告行ってみる？

そうしよう、と言い合ってもう一度二階へ。端から二つ目ドアはやはりどよん色であった。

「やあ、行ってきた？」と、嘘つかないおじさんがさっきと変わらないので少し安心して、地下室扉の件を告げると、

「あれね。よく見ないとわかんないけど、蝶番のところに小さい機械仕掛けがあって、三十分経つと自動的に閉まるようになってる」

はあー。それなら納得……でもメリが、

「そんなの見えなかったけどなー、だいたいこんな古いアパートの地下室にそんな現役で動くメカっていうのもちょっと……」

と言うと、おじさんは、

「うん。でもそうしておいたほうがよくない？」

と、顔を少し前に押し出すような感じでじっと見る。

五秒ぐらい経って、

「うん」

「うん」

するとおじさんは、

「で、なんか見た?」

「顔」

「顔」

「うんうん。どんな?」

「笑ってるみたいな」

「怒ってるみたいな」

「どっち?」

「うーん」

「うーん」

確かめてなかったけど、メリは笑った顔に見えたと言うし、僕は怒った顔に見えたと言った。

「うーん」

「うーん」

「怪奇だ」

「うん怪奇だ」

じゃね、そういうことで。では夜の部のお化けはまたの機会に、おじさん、ありがとう、さようなら。

と、廊下へ出て、やっぱりすごい植物の滝だなあ、と見ていたわけなんだけど、メリも僕も、そんなに怖いほどじゃないんだけど、もやっと不気味っていうか、この割り切れないようななんか届くようで届かないような感じが？　朔太郎的？　どうかなあ、でも影いっぱいだったね。

「ご飯こぼれる的な」とメリ。

「なにそれ」

するとメリは言うのだった、萩原朔太郎は写真を見るとあんなにすっきり美男で知的なのに、ご飯食べるときはどうしてこんなにというほどぼろぼろまわりにこぼすので、知ってる人は食事の時、朔太郎の座る所には新聞紙敷いてた、のだって。

「なにそれ、駄目な人？」

「うん、けっこう駄目な人だったらしいよ」

このちょっとした不達成感はそういうことかなあ。

「夜、もう一回来る？」

「どうしようかなあ」

それで僕たちはまた街へ出た。ちまちました綺麗小物売ってる店がいくつか、古本屋が五軒くらいある本迎司市はなんて文明の地なのだろう、と話しながら、でも影多いよ、路地多いよ、そこがいいんじゃない、路地の奥で何か知れない物とか人がね、

「あ、空」

夕暮れてきて、青と灰色の混じったような暗青色の空がおわあと呼ぶ。

「青おわあたちがいる」
「いる」
「いる」
あちらにもこちらにも朔太郎の気配だ。
面白そうな小物屋さんと古本屋さんの合間から空を見上げて、
ね、
ね、
ね、
とうなずきながら、僕たちは、道幅の狭い街をゆっくり、フラヌール、フラヌール。

林檎料理

flâneur 02

メリ、といつも呼ぶけれど、実は奥に結構画数の多い漢字を持つ、その名をメリは半分嫌がっていて、

「夕暮れの半分をもらったからでうす」、って、どういう意味なの、と聞いても「それはいいよー」としか言わないメリだったから、尋ねても半分よりもっと聞けなかった。

木陰が少し薄くなった頃、家の近くの保育園の周囲のフェンスにしなだれかかる草が茶色く諦め顔になってきた頃、と思っていたらもうすっかり秋であった。

夏、蔓草《つるくさ》の脇を通ると「これに巻かれるとどっかに連れてかれるよ」と言って恐れていたメリが今ではさくさくの枯葉を求めている。

厚い枯葉のクッションを踏むのがしあわせで、神社で石囲いの内側の端なんかが狙い目なんだけど、いきなり踏むと中に猫がいたりするときがあるから、そっとね。

猫枯葉の中に埋まってるとしあわせなんだからね、って、どうしてわかるのですか。

ネコカレハ知らないの？　知らない。だからわかんないんだよ。

「ねえ知ってる？」

「猫枯葉しらない」

「それは聞いた。ふけゆく秋の林檎料理の」

「もっと知らない」

「聞いたこともないの？　ないの？　ねえないの？」いつかそれ、寝ないの？　になって眠そうで。

「林檎料理、かあ」

「中方線沿線ならありそうに思わない？」

「林檎料理かあ」

わたしたちは手に手をとって、まいりましょう。林檎料理専門店へ。

いつかお話ししたことがある、あれ、ないのなら、いつかお話しするであろう駅前から三ブロック離れた四階建てには、一階にうさぎ専門店があったけど、半年前になくなって、メリはそのとき店にいたうさぎたちの行方の話だけはするな、と、口に出さないでもわかっていた。

でも不意にそこへ来るとなんとなく思い出して「ふかふか」とか「まんまる」に類する語彙が増えてしまう。残留思念だなという言い方も注意しないとメリを泣かすので、由来は決して言わない。

「ゆるふわー」

「ゆるふわー」

と言い合う僕たちはできるだけ寒くないように心からふか毛を生やして、でも毛って、抜けたやつはどうしてあんなに痒いの？　背中とか。

自分忘れて欲しくないからでしょ。君の一部だったんだよ。嘘だよ知らない。

「ピープーって北風って昔歌ったけど、なんかダメな擬音なのにときどき懐かしい」

「なぜ？」

「二階には店入ってるよね」

一階は今これ、パブかなあ、あんときのうさぎたちが協力して一生懸命経営してたらとかそういうメルヘンなことを言うと現実とのギャップにメリは泣くだろう。二階へ。

上れば階段、下りればやっぱり階段だけど、

「あ、カイダンつながりで怪談言おうとしてるだろ」

「思い出すね、タモリの」

見よこれだけで通じてしまう僕たちのさみしい秋を。

昔見たTV番組はタモリ倶楽部というのだった。

森田一義はタモリと呼ばれて久しいけれど、千年先にはわからないひともいるかもしれないからTVの人気タレントでコメディアンで、でもちょっと知性み入っててその頃、出演番組でけっこう好き勝手できた偉い人、そんなことでわかるかなあ。

タモリ倶楽部はタモリが思いつきでいろいろやって楽しむ三十分の深夜番組で、あるとき怪談大会をやって、ものすごく怖がりのアシスタントかなんかをわざと会場に呼んで、その怖がる様子を面白がるというのも見所だった。ガチの人が本当に怖いげな話をいくつかして怖がりさんがいよいよ怯えてきたころ、タモリが「ほら、後ろに」とかいきなり、さらに脅す。怖がりさんはもう本当になんでも怖くなってしまっているのでタモリがおどろおどろしく低い声で「ボンボンバカボン、バカボンボン」と『天才バカボン』の主題歌を歌うとそれだけでもうのたうちまわって怖がっていた。

「タモリ、わるものだねえ」

「懐かしいねえ」

見るものすべて。駄目です。われわれは先へ進むぞ。危なかった。懐かしトラップはどこにでもある。歩を止めて、振り返りなば懐かしの。今勝手に作ったでしょ。

狭く急な階段は焦げ茶色が空気に滲んでいて、あ、閉まってる？

一階から見ると営業中になってるのに。

メリはそれでもかまわずに重い厚い木の、上のほうにリボンと、ちゃりんとベルが下がった店の扉をひっぱって、すると開くので、

「ごめんくださあい」

喫茶店だからテーブルも椅子もあるしコーヒーの香りも漂ってるし、でも客はいなくて、これマスターだよねえ、白い前掛けで小太りの頭禿げた、顔が台形の頬が横に垂れたみたいなおじさんが、真ん中の、高いベンチみたいなのに座っていて、ベンチかと思ったら脚立だった。

「はいいらっしゃい」とおじさんが言うが、何してるの？　その脚立で。

「電球とっかえてます。でもダンないからどうぞ好きなとこへ」

「ああーダンないって。初めて日常で聞いたよ」

「なんなの？」

「なんかさあ歌舞伎でさあ、だんないだんない大事無い、って台詞知ってる？」

「知らないぃ」

「おじさん、林檎料理、お願いできますぅ？」

「ないよ」

「そう言わずさあ」

「じゃ、奥へ」

「え」

トイレの扉だと思っていた。階段から上がる入口の反対側にもおんなじ大きな木枠のガラス張りの扉があって、銅色の把手で、それを指さしておじさんが。

「奥の方の店がそういうの得意です」

と言うので、「ありがとうござーます」と二人で、反対側の扉を開けて、続くまっすぐで少し暗ぃ目の廊下に出た。

「あのおじさんは？　わるもの？」

「違うと思う。でもやっぱ怪談入ってる気がする」

というのはさっきの店、いつもこんなふうに客を奥の廊下へ通すのじゃないかと思ったからだ。誰ひとりその店にとどまって喫茶するひとがない。そしてもう一度戻ってみると、そこに喫茶店はない。なんにもない廊下だけ、なんてのどう。

「林檎料理って、ほら」

と指さすメリの指先は尖って怖い。僕を刺さないでくださぃ。

「林檎料理」という名の店らしいのだ。進む廊下の左手側の、扉にはガラスがなくてのっぺり黒い一枚板だが、扉の上に、大きな木のプレートがあって丸い太い赤い文字で少し浮き彫りで「林檎料理」。これなら決定だね。

「林檎料理おねがいしまーす」

と、のっぺら扉の把手を引っ張って、ちょっと重くて、入ってみると、違いますねそれ。狭い区分けにたくさん色とりどりの縦の細い幅の板が右も左も枠の中に並んで並んで、板には文字が縦に、たまに横に、それって。

「ここ本屋さん」

「古本屋さん」

埃の香りは危険だ。またも懐かしトラップがいっぱいだから。

「これっすか」って奥のレジに立っている、なにもかも面倒そうな顔の背の高い若い男性が、手にして見せる『大手拓次　日本の詩』。なんか段ボールみたいな茶色の箱に大きく大手拓次、って印刷してあって、箱入りのけっこう立派な本らしい。

「おいくらですかあ」

「三百円です」

「やすっ」

三千円くらいはするんじゃないかと思ったわけだけど、それで？　この中に「林檎料理」が？

「有名ですよ」

「詩なの？」

「はい」

と言って青年が中の本を出すと、おおパラフィン紙。じゃなくて正しくはグラシン紙。

「それ剝《む》いて剝いて」

「はい」と手渡されたので表紙にかかったグラシン紙をとって見ると暗い茶色に暗い緑と暗い青と、細い線でなんかに抱きついてる女の絵があって、なんとなく怪奇な感じだった。背表紙が白くて「大手拓次」と大きくあって下に小さく「日本の詩　ほるぷ出版」とさ。

目次を見てゆくが、

「ないじゃん」

「ここ」と指さされて、あ、やめて刺さないで。でも教えて。

一二六ページだって。あ、ほんと、「林檎料理」。そこへ辿り着くまでに何枚か、けっこういい感じの怪奇な挿絵を見た。

「これで三百円安いね」

一二六ページ。そこにあった詩がこれ。

林檎料理

手にとつてみれば
ゆめのやうにきえうせる淡雪りんご、
ネルのきものにつつまれた女のはだのやうに
ふうはりともりあがる淡雪りんご、
舌のとけるやうにあまくねばねばとして
嫉妬のたのしい心持にも似た淡雪りんご、
まつしろい皿のうへに
うつくしくもられて泡をふき、
香水のしみこんだ銀のフオークのささえるのを待つてゐる。
とびらをたたく風のおとのしめやかな晩、
さみしい秋の
林檎《りんご》料理のなつかしさよ。

「だって」

「というのがわたしの食べたいのなの」

「あのう、こういう料理、どっかでやってますか?」

「知らないなあ。うちは……」

「でも林檎料理なんて名前つけてんだから、責任とってくださいよ」

「だからこの本があるじゃないですか」

「それにしては本安いですね」

「この店の名つけた店主が気に入って、放出された時にまとめて何十冊か買い占めてあんです。これ、在庫整理本すから」

プロだなあ。でも料理は関係ないですか。そうですか。

「そこに岩波文庫の『大手拓次詩集』もありますけど、四百円だからこっちの方がお得ですよ」

面倒くさそうな顔なのにちゃんと商売してて感心だ。このひと、「いいもの」決定。

「地図グーグルでこのへん見てたら林檎料理ってあったから来たのに」

「で、あったでしょ」

「これください」

「はい三百円まいど」

まいど、は不思議だなあ。初めてきたわけだけど。

僕たちは、とても綺麗ないい本を安く買ったけど、満足しない。

古本屋を出て、さっきの廊下を端まで行くと、上りと下りと、こっちにも階段があったので、下りるつもりでいたら、メリが上りを選んだ。スカートはいてる人を先に行かせるのは、失礼だって聞いたけど、今から追い越せない。幅狭いし。

三階へ来て、またおんなじような廊下と左右に店らしいのがあるが、メリはかまわず、

もうひとつ上へ階段を上った。四階へ、そしてその上も、

「屋上出ちゃうよ」

「うん」

「これでまだもうひとつ上に階があったら怪談だけど」

でも、この世には不思議な事など何もないのだよ。京極夏彦。

京極夏彦ならきっと千年先でも憶えてる人いるよね。作家です。お化けの話書いてるひと。でもその言葉はなんかわるものっぽいなあ。

「ね」

広くて、風のピープーな、周りの手すりもいい加減で危ないなあ、の、でも駅前周辺が見渡せていい感じの屋上だった。空青い雲白い日差しはもうじき翳る。こんなところって、関係者以外は出られないようにしてあるのが普通と思ったけど。ほら、貯水槽あるじゃん、そこへ誰かに猫の死体放り込まれたら困るし。

「これ」と指さすメリの顔が水平に西を向いている。そっち向きなら怖くない。彼方まで指し示すが良い、娘よ。

隣の建物も四階建てで、でも屋上の位置は僅かにこちらより高くて、そこへ短い鉄の橋がかけてあるのだった。

「行こう」

「行こう」

鉄の橋は茶色く錆びた一枚板がわたしてあるだけなので危ないけど、幅は一メートル以上ある。下見ると垂直の谷で、底の方にモップとかなんか立ててあってビルとビルの隙間が適当な物置みたいになってて、でも高いからやっぱちょっと怖いなあ。間は二メートルくらいしかないけど。

「こういうところでどきどきのまま恋に落ちるんだなあ、わたしたち」

それどっかで聞いたことあるよ。どきどき間違えで。

「勘違いで始まっても結果オーライなんだよ」

でももう渡ってしまった。すごくどきどきでも二メートルで恋は始まらない。

隣の建物はさっきのより大きくて、高さはそんなに変わらないけど屋上の広さがとてもあって、しかもそこにいろいろな樹木が植えてあった。これは蘇鉄《そてつ》でこれは椰子《やし》の木。これが棕櫚《しゅろ》。小さい、からたちらしい棘々群もある。蔓草も巻いてる。注意注意。密集して向こうが見渡せない。土どうなってんの。

「ジャングルだ」

地上にいたときから上のほうがやたらとこんもりしているのがわかっていた。こっちの建物は。探検してみたいと思っていたからこの鉄橋が願いをかなえてくれたね、とメリが先に進むのだ。僕たちなんとか探偵団、と歌いながら行こう、行こう、影の中翳りの中、蘇鉄って生き物みたいだなあと言うと「植物も生き物だけど」って賢いこと言うなよぉ。

「椰子、実が落ちたら下にいる人、死ぬよね」

危ないなあ。このビルの下は通らないようにしよう。でもいいの？　そういうのほおっといて。

「人が死ぬまで問題にはなんないね、きっと」

よいことか？　よくはないけど、でも、街の真ん中にジャングルがあることの楽しさは。薄暗い穴みたいになった。それは周りを囲むような椰子と蘇鉄と棕櫚と枳殻《からたち》と、ねえ、椰子と蘇鉄と棕櫚は読めるけど、枳殻ってなんか馴染みなくない？

植物はそれだけではなくて、蔓（注意）のほかに桃とか梅の小木もあったんじゃないかな。萩とか。でもやっぱり蘇鉄・椰子・棕櫚がジャングル醸し出してるパワーには及ばない。棕櫚なんて、尖った細い指のすごく多い手のひらみたいな葉っぱ、どれも風で、えりりりりって顫《ふる》わしてるし。

頭下げて、茂みの中をくぐって行くと、ちょうど屋上の真ん中くらいだろう、周りからは、この建物見上げる人からは、東西南北どの面から見ても絶対見えないけど、航空写真撮れば丸わかりの、そこだけ椰子も蘇鉄も棕櫚もない小さいけど広場。広場とは言えないから狭場。

「小屋だね」

一軒家、というべきかな、これ。ぽっかり空いた中にちょうどひとつ分って感じの、犬小屋を十倍ぐらいにしたような、木の板のかなり古い、雨はしのげるかちょっと気になるくらいの、青い屋根は三角で、正面が切妻でそこに扉と窓がひとつずつある。小人さん住んでるよね。ぜったいいるよね。

ぱたこん、と開くよ。

開かないね。

「入っちゃおうか」

「入っちゃおうか」

扉、鍵、そんなことを考える間もなく、やっぱり鍵かかってなかった。把手まで木製で大きな輪の半分みたいな縦の。引っ張れば、すきー、って開いたので残念。やっぱり、中から一気に、ぱたこん、がいいよねー。

「よねー」

中は三畳くらいで一間だけだった。それにしては大きめの古い木のテーブルが真ん中に場所をとっていて、

「二人入れるくらい?」

椅子はふたつ、左右に向かい合って、あ、でも奥にもうひとつ、ちょうど三人座れる。テーブルの上に白い陶器のカップふたつ、それと、鍋かな、ひしゃげた変な形だけどそういう用途に使うと思われる金属製の、これ銅かな。赤いね。

中にあるの、白い、もわーのスープ? スープ? 違う、甘い香り。乳蜜かなハーブかな。なんかふわふわでよく見えない。

「湯気出てるし」

火は？　ないみたい。どうやって温めた。

「妖精のうちだね、きっと」

「いい香り」

「駄目、絶対」

「林檎料理じゃないしね」

「え、でも」

「でも？」

「ほらこれ」とメリの指さす、そちら向いて、僕を刺さずに、メリは言う。

「林檎的なものが？　ないかな」

でもさあ、こういうシチュエーションって昔話だとあんまりよくないことが。

「あ、誰？」

っていう、後ろから呼びかける声が、後頭部突き抜けですよ、お嬢さん。

二人同時に振り返ると、すっごく綺麗な／とてもみすぼらしい、若い／年老いた、優しげな／厳しい顔の、女性が、

「おあがりになってけっこうですよ／欲しけりゃ食いな」

鍋にいれてあったおたまで。カップふたつにほわほわを少しだけ入れて、女性は、くるりと一瞬で狭い部屋の奥側の椅子にいて、僕たちは右と左と、向き合って座った。

「林檎料理ですかこれ？」

「そうですよ／違うだろ」

僕たちはカップを手にとって、分けられたほわほわを少し口に含んだ。含んだけど気体だと思う。甘くてねばねばとして？　嫉妬？　淡雪？　銀のフォークはないけどスプーンがある。香水はしみてない。

僕たちは、甘くて香り高い何かの気配を、わくわくと、澄。灯火と勇壮な穂の緑さす月出のしずくともなう喜びのすくよかなとてもとても、小さくたばかる心地とゆく前の騒ぎ在り来たの、ゆすりかの、ゆくりかの。てもろ。

「ゆるしいね」

「かむ騒ぎてったら」

「さみしい／秋の／なつかしさ」

「淡雪りんご／女のはだ／泡をふき」

素潜りで一番、青い水底、メリ違う。りり。籠揺すって、見たこともない巻かれる。思い出してメリ。巻かれて取られてしまうこと。

「ふうはりともりあがる／ゆめのやうにきえうせる」

思い出せば消える。盛り上がれば思い出す。

メリは言う「魂の」僕は言う「無理数」

遊戯の終わりの靴損ねても跳ぼう。再帰のそうかそう天気紡ぐ品ともあそぎゆっくり、ちま、ちま、ゆすりかの、わくわくと。

乙とね。凸とね。裂くとね、「中／城／泡」「黄緑／紫／金茶」

「まつしろい皿のうへに／とびらをたたく風」

瞬間の模様数多い手道の行く末の気がいい火山住み声聞けば「なつかしさよ」

罠。罠。と顫える。まいろうか。my 廊下。

「今年から貝が胃に棲みはじめました」

あ、それ。それ、変換ミスでしょ。

「気づいては駄目／よくわかったな」

「ありがとうございます」

そう言って立とう、でもテーブルの下と椅子の間から足を抜いて脇へ出るのが難しい。

メリは得意？　難しいでしょう、そうそう。あれ、自分より先に、あ、立ってね。

「ありがとうございました」

「おいしかったです」

「またおいでなさい／もう来るな」

妖精の小屋を後にして。

小屋の後ろ側へ回って、そこにもある植物トンネルを、もう一度くぐる、草叢、木の間、ジャングル的小穴の通路、むかしね、アニメでさあ、アフリカの子が「お化け森」へ行くの。そこ行くと、蔓がにょろにょろ動いていて、人に巻きついて食べるの。怖いねえ。でも、お化け森っていうからもっともっといろいろお化け的なもの出てくるかと思ってたらそれだけで、人食い蔓草地帯を避けて通って終わりって、なんか残念だった。

ほらまた懐しい罠。注意。注意。僕たちは先へ。先へ進もう。取られないように。

出口に来て、猫専用道みたいだった樹々草々の間から、出て、背を伸ばして立ち上がって、西の空を見上げると、夕暮れだった。陽が沈んだあとだった。

「そんなに長くいたかなあ」

「てか、どこにいた？」

女の人いたよねえ。いたよねえ。どんな？　優しい？　怖い？

「わるものかなあ」

「どうかなあ」

空は紺色に問いかけた。

「なんか食べた」

「でも」

「ゆめのやうにきえうせる」

昼寝してた。ていうことでどうかな。ゆめ。行こうほら先へ。

駅前ビルはどれも四階。どれにも一本ずつ細い鉄の橋がかかっていて。僕たちはおぼつかなく、どきどきしながら、空中を、わたり続ける。

隣の、赤茶色いマンションらしいの。その隣の、看板いっぱいかかったの。

ねえあそこ、とメリの指さす先が？

道路隔てて向かいの、随分向こう、斜め先に、なんか小さい真四角の電光掲示板があって、ランプのぽちぽちがいくつも連なって文字になるってやつ。そこに一文字、なんだろ、「霊」かな。ほんと？　あそこに出るのかな。ホントの怪談、きたー。もうひとつ隣のビルの屋上へ移動して、少し近づいて、もう一度電光掲示板のところ見ると、あれ？

「空」だった。ランプぽちぽち遠くから読みづらいね。あそこ、駐車場？

もっと向こうにもなんかいっぱい、先へ、もっと西へ向かって建物をわたっていこう。ねえ、空、って「あき」じゃなくて「そら」なんじゃないのかな。

じゃ、あの駐車場、宇宙船専用かな。

もうひとビル分、近づけば。でも、あ、こっち側の、と反対、東の方向いて、これも随分向こうの路地の入口のところの、民家の前に、こっちは、

「アイドリング禁止」だって。

「そうだよね、インスタグラムとかツイッターでちょっとフォロワーが増えたからってアイドルぶっちゃ迷惑だもんね」

また先へ、西へ、見上げれば「空」はいっぱい広いから、宇宙船ならまだまだいくらでも大丈夫、円盤も歓迎します。でもアブダクションとかやだな。

「こわいひとはお断り」

「わるものは？」

「こわくなきゃいいか」

「でもこわくないけどこわがらせるよタモリ」

「わるものだなあ」

いくつも建物をわたって、とうとう鉄橋の途絶えたところで僕たちは下りよう。

空に木星が見える。月は半分の日だった。空の紺色はもっと濃くなってもっと強く問う。

街燈を足元に見ながら僕たちは建物脇の非常用鉄階段を下りた。

空がいっそう問いかけてくる。一階まで来て道路に出て、影がいっぱい棲み始めた路地の奥、奥、と、光のいろいろな看板も、街燈も、「戻った?」

「林檎料理、食べたって言える?」

「言える?」

考えて答えたのは、

「ねえ、おいでよ、本物じゃないけど、きっとある」

コンビニは魔法のように、新しい林檎まで置いている。ひとつ買って帰る、ふた駅先へ、そして、一週間前に買っておいた蜂蜜と、そこには冷蔵庫と、特別にきめの細かいヨーグルトと、電子レンジがある。

林檎を一口ずつに切ります。

皿に載せて電子レンジで一分あたため。

ちょっと焼き林檎風の匂いになります。

きめの細かいヨーグルトを大さじ四杯ほどかけます。

一週間前に買った蜂蜜を小さじ二杯かけます。蜂蜜はにゅるにゅるでどこが切れ目かわかりません。

できあがり。

「どう?」

いいよ、というので駅から電車でふた駅、降りて歩いて、アパートについて、林檎切ってレンジで温めてきめの細かいヨーグルトと買って一週間の蜂蜜かけて、ここまで全部で一時間後、できあがり。

メリは銀色だけど鍍金《めつき》のフォークで林檎のひとかけらを食べる。

その一口の林檎の端のほうに黒い粒がついていた。林檎切ったときついた種かな。

僕は人差し指と親指で黒い粒をつまんで取った。すると、

「わるもの?」

とメリが言った。

永遠ハント

flâneur 03

いたる所に永遠がある。

という言い方がちょっといいな、と思って、メリに言ってみたら、

「じゃ、ランボーだ」

いえ僕たちはこういうシチュエーションで「ランボー」と聞いて筋肉もりもりのトラップのうまいベトナム帰りの人を真っ先に思い出したりはしませんよ。

とはいえ、

「寺山修司がさあ、『ぼくはアル中の乱暴です』とかしょうもない駄洒落書いてるからやんなっちゃうん」とメリ。

でも寺山さんが言ってたっていうとなんかちょっと由緒あるような……

「ないよおそんなの」

うん。「Arthur Rimbaud」って、フランス語できない日本人にはとてもアルチュール・ランボーって読めないなあ。

「アーサー・リンバウドだね」

「英語読みなんだねー、それって、やっぱり僕たち、アメリカ占領下のまま」っていつの時代の人？　って思うでしょ、でも実は日本は今も国連の敵国条項が外れていないとかなんとか。本当かなあ。ツイッターで教わっただけだけど。

「日本が今もアメリカの言う通りなのはきっとそう」

で、そろそろ、行こうじゃないですか、ランボーの言葉に。

「えっとね」とメリは立って、奥の書棚のところに行って、三冊、なんと三冊もランボーの翻訳書を持って来た。そうです、今日は、メリの部屋でお茶していたわけなんです。

テーブルに置かれた一冊は『海外詩文庫12』という、文庫とあるけど新書よりちょっと幅広くらいのサイズの『ランボー詩集』鈴村和成訳編、あと二冊は普通サイズ文庫で、ちくま文庫『ランボー全詩集』宇佐美斉訳と、創元ライブラリ『ランボオ詩集』小林秀雄訳。

すごっすね、メリ。

「ランボーって、翻訳読んでもなんかよくわかんない詩が多くて、いくつも訳、比べちゃうの」とはいえ、「わたしフランス語なんか全然できないから、なんとか翻訳でわかろうとするんだけど」

だけど。

「でもわかんないけど、なんかイイんだ、ランボー」とメリは、『海外詩文庫』を手に取って表紙に印刷された一節を指さして、

「ほら、ここ」

すると、

　　また見つかったよ！

　　何がさ？　永遠。

　　　太陽に

とろける海さ。

「なんだもう見つかっちゃったじゃない、永遠」

「でもね」

メリが今度はちくま文庫の方の二九〇ページを開いて、「これ」と言う。

それは詩集『地獄の季節』の中の一節で、散文形式のところとは別に四文字下げて、

あれが見つかった

何が？　永遠

太陽と溶けあった

　海のことさ

「うん、同じとこだね、少し訳が違うけど」

「で、大事なのは」とメリはページ下の段にある註のところを「ここ読んで」

「あれが見つかった」Elle est retrouvée!　小林秀雄と中原中也いらい、これを「また見つかった」と解する邦訳が後を絶たないが、この場合、動詞 retrouver の接頭辞 re に繰り返しの意味は一切ない。

「え。『また見つかった』じゃないの？」

「宇佐美さんの意見ではそう」

と言ってまた立って書き物机の脇からオレンジ色の箱に入った『スタンダード佛和辞典』を持ってくるメリが今日はなんか大学の先生みたい。

『仏和辞典』の「仏」が旧字で「佛」なのもなんかなんか「これ古い本？」

「うん古本で買った。でも今出てる版もこの字じゃないかな」

そしてretrouverのところを見ると、

retrouver[rətruve]
1.v.t.(a)再び見出す；(失ったもの・忘れていたものを)見出す，見つける，思い出す，(健康を)回復する，(元気・平静を)取戻す．~la parole また口がきけるようになる．(b)(人に)再会する．aller~qn 人に逢いに行く．/Tu me *retrouveras*. 覚えてろ．(c)面影を認める．On ne *retrouve* plus cet auteur dans son dernier roman. 最後の小説ではもはやこの作家の面影は認められない．
2.se~v.pr. ①(ある場所・状態に)戻る，また陥る．②(a)(道に迷った者が)道を見出す．(b)自己を取り戻す，平静に返る．(c)s'y~ 1)やり遂(と)げる．2)支出分を取返す．③再会する．Comme on *se retrouve*！ 世間は狭いものですね！ ④見出される．

「あれえ、でも『再び見出す』って出てるね」

「よね」

「宇佐美さんの方が新しい訳だし、昔の訳には間違いがあったってわかるからこう書いてるわけだよね」

「よね」

「なんでかな。判断できないね」

「でも」とメリ。

「『一切ない』ってものすごく強調してるっそ」

「うん。もう絶対確信持って、てか、お前らこれ間違ってるんだぞ覚えとけよわかったな的な」

「そうそう。そこまで強く書けるんだからきっとここ、現地の人はこれに『また』の意味はない、ってすぐわかるんだろうけど」

「文脈?」

「そうなのかなあー、ほらこの後のとこも見て」

と言うメリの言う通り、宇佐美さんの註には次のページに続きがあった。

詩人は探し求めていた「あの永遠」を見いだして、思わず狂喜して「見つかったぞ」と叫ぶのである。

「ああぁーん。『永遠がまた見つかった』じゃなくて『一度知って探していたあの永遠が今ここで遂に見つかった』てこと？　意味2の③の『再会する』みたいな」

「そうみたい。文脈っていうより解釈だねー」

「はービミョー」

「詩は微妙なんだ」

「そんなのもう素人には判断できないなあ」

「でも、ま、ここは『また』なしで」

「りょ」

「だからあんまりどこでも見つかるわけじゃないってことでさあ」

「オケ」

「なんだけどさー」とメリは続けるのだ。

　メリは三冊目の『ランボオ詩集』を手にした。表紙に、パイプをくわえて立ってるランボーの絵がちょっといい感じ。で、これだけは「ランボー」じゃなくて「ランボオ」。しかも「アルチュウル・ランボオ　小林秀雄◉譯」。秀雄さん、俺の訳は他とちょっと違うぞ感、醸し出してるね、って言いたいけど、実は他のたくさんの「ランボー」が出るよりもこっちの翻訳のほうが先だった。

　なんかこの表記、癖んなりそう。

「今夜はカレエにしようか」「ビイルください」「わたしコオラ」「ツイッタアではこんな意見」「グウグルでは」「サマアタイム」「仮面ライダア」「イッツ・オオトマアチク」「ボオイ・ミイツ・ガアル」

ほかには、ほかには、と考えていると、

「ここね」

とメリ。

　また見附かつた、
　何が、永遠が、
　海と溶け合ふ太陽が。

「海と溶け合う太陽、になってるね」

「他の二つは『太陽が溶けている海』ていうような意味で、多数決でそのほうがきっと正確」

「多数決」

「てか、時代が後の方が、たくさんの人にたくさんの時間、考えられてるでしょ」

「うん」

「なんだけど、ねー」ともう一度メリ。

「なんかこっちがいい?」

「そうなんだ。印象くっきりていうか、それと、『何が、永遠が、』ってとこも切迫感あるってのかな」

「うん」

「『また』もついてるし、ちょおっと不正確なのかも知れないけどね」

「ビミョー」

「微妙なんだってさ。詩は。語感で好きんなっちゃったりするからさー」

「さすが小林秀雄」

「ちょっとかっこいいっそ」

と言ってからメリは、

「あ、それと」

と、開く『ランボー全詩集』の『地獄の季節』の「地獄の夜」の最初の行が、
私は多量の毒を一気に飲み干した。

「わかりやすい。そういう意味なのはわかるね、で」

と、次に『ランボオ詩集』の同じところを開くと、

俺は毒盃を一盞《さん》見事に傾けた。

「ね。きりっとかっこいいでしょ」

「いい、いい」

「『ランボー詩集』だとこれ」

俺は名うての毒を一杯呷った。

「これもいいんだけど」

「やっぱり？」

「うん、やっぱり」

「なんか言葉遣いの好みての」

「そっそ。わたしこの『一盞見事に』でやられちゃうわけだよ」

「詩っていうか」

「詩っていうか」

翻訳大切だね。メリは少し古風で無頼な感じが好き。

「じゃ、やっぱり小林秀雄持って行こうか」

こうして僕たちは、『ランボオ詩集』を持って永遠を見つけに出かけたのだ。

春終わり頃の薄曇りの日だったから、海に溶け合う太陽も太陽の溶けた海も見られそうにない。てか今いるここ、内陸だから。

「大自然の壮大は望み薄だ」

「求めない」

「街中のはっとするものを探す」

「そそっそ」

僕たちはそれで今日も、ふらりと参ろうかの。永遠ハントに。

「今日はいい永遠見つかってますよ」

「おっイキがいいね」

と、メリのいるアパートから出て車道の脇の歩道を歩くのだった。

「帽子あったらさ」

「これみたいに？」

と『ランボオ詩集』の表紙を見せるメリ。

「そっす」

縦長楕円の枠の中の、青地に白線で描かれているランボーらしい青年は平たい鍔《つば》付き帽をかぶって肩までの長髪で、口からするっとパイプが出て、そこからゆらゆら線が描かれているのは煙を表している。上着のポケットに手を突っ込んで立っている。ズボンが細身。

こういうのがしゃしゃしゃっとした線画で描かれている。なかなかうまい感。

「ヴェルレーヌの絵なんだって」

「うまいね、ヴェルレーヌ」

ご存じ二人は一時愛人関係で、

「BL講座初歩ね」とメリが言うくらい世界に轟くゲイ友だった。けど、

「でも撃っちゃうんでしょ、ヴェルレーヌ」

「撃つよ。ランボー左手、銃で撃たれるよ。それでヴェルレーヌ逮捕されちゃうよ」

「何があったのかなあ」

「もともとヴェルレーヌ超酒癖悪かったらしいって」

「アル中なのはヴェルレーヌ」

「そっそ。でもランボーもけっこう粗暴だったみたいだけど」

「どんな?」

「これほんとかどうかわかんないけど、二人暮らしの時、ヴェルレーヌが外で買い物してニシンと油の瓶を両手に持って帰ってくるのを見てランボーが、おめえ、どっかの所帯じみたオバサンみてえだなあ、って言ってげらげら笑ったとか」

「全然耽美な二人じゃないね」

「現場ってそんなものさあ」

「見てきたみたいだっつ」

「でもそういうことはどうでもよくにしてさあ、詩とは別にしたいものですう」

と話しながら、僕は道路脇の桜並木をさして、

「これなんか、花満開だったらちょっと永遠感あるかな」

今はもう夏前で葉っぱばかりだったが、

「ええー、それ、永遠どころか果敢ないこのひととき、て感じじゃないの」

「そーだねー、でもその終わり間近の瞬間こそ永遠に通じるとか」

「それは現場にいないとわかんないな。来年また咲いたら見よう」

「うん」

僕たちはそこで曲がって車道を背にして脇の細い道へ、住宅街の方へ進んだ。少し行くと、左側に同じ形で色違いのアパートが五軒並んでいる。正面から見るとどれも屋根の尖った縦長五角形の二階建てで奥に四所帯分くらい続いていて、それぞれに扉がある。

そういうのが、僕たちの来た側から、黄色、青、薄赤、青、そしてまた黄色、と色違いになっている。

何度か脇を通って知っているアパートだけど、

「やっぱ綺麗」とメリ。

「明るい、楽しい感じ？」

「いいね。でも人間スケールの楽しさって永遠の反対だなあ」

「そうだなあ」

さらにさらに進むと、

「あ、丘。丘の花」とメリ。

右手側に小さい空き地があって、周囲をロープで囲まれている。そういう所はたいてい平たい地面に雑草はえはえなんだけど、ここは人の背の半分くらいの高さまで土が盛り上がっていて、雑草は少なくて、赤い小さい花がぽつぽつ、あちこちに咲いていた。

「なんて花かな」

「ポピーとかかな」

「ここなんかは浄土感あるね。ちょっと永遠。完全じゃないけど、ちょ永遠」

「ちょ永遠ね」

もっと進むと神社がある。弓宜《ゆぎ》神社と呼ばれている。

目の前に大きな樹が四本、立っていて、間に石造りの鳥居があって、樹は奥にも何本か。手前のは公孫樹《いちょう》かな。石の柱に横棒を通して作った柵が境内を取り巻いている。たくさん並ぶ一メートルちょっとくらいの高さの石柱一本一本には寄進者の名前が彫られて丹色《にいろ》が塗ってある。

奥は昼でも薄暗くて、これは幽玄。

「ユーゲンじゃない?」

「うんユーゲン」

「永遠というか神秘ていうか」

「そうだなあー、神秘ってるね」

「スピかな。　スピリチュアル」

「スピスピ」

「でも人の居ない神社の境内はいいスピ」

「いいスピよ」

「樹が大きいスピ」

「音も静かスピ」

「ひんやりスピ」

「湿度しっとりスピ」

鳥居の下から続く石畳を進んで本殿のほうへ、ユーゲン気分でちょちょっとお礼程度にお参りして、でも上の方にある大きながんらがんらの紐は引かない。音立てるのがちょっとね、とメリ。それとお賽銭出してないから、まあ、ごあいさつ程度で、すんません、お邪魔しあースピ。

するると、

「お」

とメリが見つける、本殿の脇にもうひとつある小さい社の屋根の下に丸くなって座っている、茶色縞のにゃんとした人。

「にゃんとしてる」

「にゃんとしてるねー」

にゃんの人はこちらが近づくと顔上げるけど逃げない。

「ここだと安心なんだ」

「朝と夕方、餌やりに来る人いると見た」

「人が来ても餌運搬係りとしか思ってないね」

にゃんの人は顔上げてこちらを見た後、また元に戻って眼を閉じた。

「安心しきってるね」

「いいねのんびり」

「これも永遠じゃないけど、いい時間」

「にゃんとした時間」

大小三つの社の周りには大小六本の樹があって大小多くの影を作っている。

「影は永遠」

「そだな、影は永遠」

「でも、ぐがーん、こいつは見つかったっ感はなし」

「影だし」

「影だし」

人のいない影だけの境内はきっとどこかに通じてるね。

「影の国」

「どんなかな」

「妖怪いる？」

「きっとね」

「あ、『草迷宮』で」

とメリに話す、泉鏡花の『草迷宮』には。

秋谷悪左衛門という妖怪のボスみたいのが出て来てね。

我ら妖怪は人の瞬《また》く間の時間に棲む、とか言うのね。

その一瞬が妖怪の世界では何百年、それとも永遠？

「うわ出た永遠」

僕たちは一緒に瞬いた。

「永遠」

「永遠」

そのうち少し飽きてメリが、

「ファンタージエンとか」『はてしない物語』の。

「中つ国とか」『指輪物語』の。

「桃源郷は？」

「どうかな、もうちょっと枯れてないと」

「じゃ、須弥山《しゅみせん》」

「来たっ仏教」

「あ、ここ神社ですけど、神様、すみません」

「よいよい」

「代わりに言っちゃダメ」

でも須弥山のこと。

「よくわかんないんだけど世界の中心にものすごく高くて尖った山があるって」

「それが？」

「でその遥か上に天界があって天人が住む」

「でも天人五衰っていうじゃない。永遠じゃないんだな」

「スケールが大きいだけかあ。ダイヤモンドの山に百年に一度天人が来て着物の袖をふわって擦る、そのせいで山が擦り切れてなくなって、やっと一劫《いちこう》」

「なにそれ」

「仏教の世界の単位」

「気が遠くなるね」

「ね」

「でも」

「永遠じゃない」

「でもものすごく巨大。そこいくと神道の世界ってどっちかっていうと、はかなしー、もののあはれー、てのかな」

「諸行無常？」

「そうだけどそれも仏教の考えじゃないの」

「ほんと、神様すんません」

「あ、あれ」

と指さす、地面の、樹々の枝葉の影の合間に、ほつっと、ほんの僅かに明るむ一点。

「あそこにきっと永遠に続く鍵がある」

「あるねあるね」

今日は曇りだからそんなにくっきり明るいんじゃなくて、近寄っても少し明るいだけだけど、なんかそこだけ異世界への扉感あるなあって、勝手に思うだけだけどその心こそ永遠を察する心、でしょ？

永遠心。

「永遠心あるわあ」

「永遠心」

見つめているとその時間だけ、何もないところにいるみたいな、それが永遠心。

存分に永遠心に浸って、というか、少しの間どこにもいない二人になって、そして戻ってまた影の中を歩いてみたり、仰向いてみたり、そうして再び石の鳥居の外へ出ると、

「あ、この名前」

と僕が指さす、石柱に刻まれた丹色の名前にこんなのがあった。

空閑智善

「かこええくない」

「なんて読むのかな」

「くがともよし、じゃない」

「文字だけだと人の名前じゃないみたいだね」

「空閑ってもうなんか虚数空間みたいで無限宇宙感」

「かな」

「かな」

名前にも永遠あり、ということなのだ。

「久《く》遠《おん》寺《じ》、とかもあるね、永遠風の名字」

「あるねえ」

「恒河《ごうが》沙《しゃ》さんとかいないかな」

「いないんじゃないかなあ」

「無量大数さんとか」

「いないんじゃないかなあ」

「阿《あ》耨《のく》多《た》羅《ら》三藐三菩提《さんみゃくさんぼだい》さん」

「無理」

「なんかやっぱりインド仏教いっちゃうなあ」

「永遠はインド名産だからねー」

「そだねー」

「でも中国経由漢字あてね」

「あてね」

「鳩摩羅什《くまらじゆう》」

「提婆達多《でぃばだつた》」

「婆藪槃豆《ばすばんどう》」

「なんか仏典不思議名前コレクションなってない?」

「あ、永遠忘れてた」

とするうちに神社を離れて(仏教ねたばかりでもう一度すみませんでした)、まだまだ続く住宅街から、もう少し先の公園をめざすことにした。

「永遠、検索しちゃおう」とスマホ。

「永遠だけじゃ難しくない?」

「なんかつける言葉ない?」

「あのさ、題名だけ憶えてる『晴れた日に永遠が見える』」

「いいね。今日は曇りだから明日はって期待しちゃうね」

「どう？」

「はい出ました、一九七〇年の映画、バーブラ・ストライサンド主演、イブ・モンタン共演、音楽もあってこれもバーブラの歌唱。映画はコメディみたい」

「今度どっかの配信にないか確かめ」

「晴れるといいな」

曇りだから永遠の代わりに公園が見えた。

ここも樹は多い。欅《けやき》と榎《えのき》が半々くらい、どれも高くて枝が広く出ている。幹の肌が古そう。この公園は広くて、合間にあちこち、塗装剝げ剝げの木製のベンチがあって、人、座っている。

砂場にいる子供たち、周りで見ている大人たち。大人の背より低い滑り台のあるところで、登ったり降りたりの子供たち、周りで見ている大人たち。

子供用の小さい乗り物があって、乗るとゆらゆら揺れるやつ、緑色でカエルの形のと、その横にあるのは茶色いくりくりがついたカタツムリの形だった。揺れる子供たち、周りで見ている大人たち。

メリと僕は、子供たちランドからずっとはずれの所にある木の下に二人掛けのベンチが空いているので座った。緩い薄い陽の下、

「もう一度ランボー、行ってみよう」とメリ。

「この本、小林さんの『ランボオ』っていうエッセイも入ってる」

と開く後ろの方のページ、の初めのところに、

この孛星《はいせい》が、不思議な人間厭嫌の光を放つてフランス文學の大空を掠《かす》めたのは、一八七〇年より七三年まで、十六歳で、既に天才の表現を獲得してから、十九歳で、自らその美神を絞殺するに至るまで、僅かに三年の期間である。この間に、彼の怪物的早熟性が殘した處《ところ》（二五〇〇行の詩とほゞ同量の散文詩に過ぎない）が、今日、十九世紀フランスの詞華集に、無類の寶玉《ほうぎょく》を與《あた》へてゐる事を思ふ時、ランボオの出現と消失とは恐らくあらゆる國々、あらゆる世紀を通じて文學史上の奇蹟的現象である。

「孛星って？」

「彗星のこと」

「わざわざー、難しくぅ」

「こういうの、はったりって言うんだよねきっと」

「うん」

「わたし小林さんのはったりが好きなんだなあ」

それから僕たちはしばらく小林秀雄譯・ランボオの言葉を探った。小林訳『飾畫』という題名は『イリュミナシオン』とされているのが今では多い。そこからメリは「大洪水後」「王權」「街々」「花々」「獻身」を休み休み読んだ。

僕たちは小林ランボオの言葉に侵食された。

「眼ある様々の花」

「沛然《はいぜん》たる驟雨《しゅう》」

「皆さん、私は彼女《これ》を女王にしたいのだ」

「妾《わたし》は女王様になりたい」

「深潭《しんたん》と旅館の屋根屋根とをわたる歩橋の上に、」

「焼けたゞれた月の遠吠え」

「緑の天鵞絨《ビロード》と青銅の陽に向いて」

「碧玉《エメラルド》の圓天井を支へる桃花心木《アカジュ》の柱」

「妹ルイズ・ヴァナン・ド・ヴォランゲムへ、」

「妹レオニイ・オオボア・ダッシュビイへ。」

……

……

「永遠かどうかはどうでもいい感じになった」

「そうだそこが本当の永遠だ」

「そっかな」

と、ベンチを立ってそろそろ忍び寄る忍び寄る夜夜の影影を追いながら追いながら僕とメリは公園を後にした。

舗道にあちらこちら、囁かれる眞珠めいた聲にランボオ味を感じ乍ら、って旧漢字と「ながら」のとこ小林風表記を思い浮かべ、て、そのうち少しずつもとの僕たちに戻って行くのだった。そこに、あ、犬。

「大きい犬」

「あっちも、あれは」

「そろそろ犬タイム」

犬散歩の人があちらにもこちらにも。

その間を抜けながら、まだ少しランボオっているけれど、夕暮れ近いとはいえやっぱり赫奕《かくやく》たる日没ではないのだ。

ふと足許、

「ここ」

とメリが指さした。

「あ」

ふと足許を見たら、そこに、丸い緑があった。

アスファルトの中に、以前丸い管が出ていたのを取り去って、そのままになったか何かの理由でそこだけ一部、丸い穴が空いた所ができている。そこに小石と土が溜まって、その僅かな土に苔が生えて緑色になった上、小さい雑草もちまちまっと生えて、ごくごく小さい白い花まで咲かせていた。

「小宇宙みたい」

「ここにはきっと小さい虫もいるし細菌もいるし、きっと菌糸もあるね」

「小石は大岩で」

「花は世界に聳える巨大花で」

「小さい人たちが」

「地面の下にも」

「にも」

「にも」

僕たちの想像はどんどん小さい世界へ向かった。

「どんどん行く」

「無限」

「永遠」

世界の端々には無数の永遠がある。

こうして僕たちは永遠日和を過ごしたのだった。

Dエクストラ

flâneur 04

「Dガチャって何?」とメリが訊いてきた。

「え、わかんない」

「デスティニー・ガチャかな」

「かな」

「百円入れてレバーを回すとあなたの運命が決まる」

「えー、百円でそれはヤ」

「じゃ五十万円で」

「もっとヤ」

「何かなあ」

「どこで聞いてきたの、それ」

メリはちょっと考えて、

「店でお客さんが二人、」

と話し始めた。昨日のことなのでよく思いなおしながら言うのだ。最近、メリは「ちょっとお洒落喫茶」でアルバイトしている。

表現に困るところと不可知なところとを半分くらいずつ抱えながらメリは言う、今も言うのかなあ、「文化系女子」と以前呼ばれた、今も呼ばれているかも知れない、文学音楽アート、哲学、歴史、それと可愛い小物とか「媚びてないファッション」とか自由のためのアクションとかに敏感な女性たちがよく来る。「女子」というけど年齢はいくつでもいいし、そこのところをわざわざ突っ込む人は憎まれるし、他の呼び名でも全然いいんだけど、とにかく、そういう層が、日本の素敵文化を支える人たちなので、
そのへん了解したから先、行ってみよう。

「ゆるふわの二人がいて」

「ゆるふわ」もいつまで通じる言葉かしれないが、現在のところ、あんまりコントラストのきつい色合いでない、締め付けない、ゆったりした衣服を着た二人、を意味している。

「Dガチャが、どうとか、どうとか、ナンバーがどれとか」

聞いたのはそれだけだそうですが。

「なんか詩に関係してるらしいよ」

「ぼくたちが探しに行く案件かな」

「かな」

それでスマホ検索。

出ない。

「ウェブ上に記事がないから本当に秘密なんだ」

「でもガチャなんでしょ、ガチャポンでしょ」

「そうなんじゃないかなあ」

「どっかにDガチャと言われるガチャポンがあって」

「これだけの情報で探しても無理だからそのゆるふわの人たちが今度来たら尋ねよう」

と言ってから三日後、自分の部屋で『中谷宇吉郎随筆集』を読んでいるとプピッと連絡音が来た。

「今、店に」

というショートメールだった。すぐ出かけた。

二人は今日もゆるふわかな、一度ゆるふわ始めた人はやめられないそうだから、きっと今日もかな、と考え考え、メリが今、労働する喫茶「ラピーヌ」に向かった。

喫茶「ラピーヌ」は中方線届際《とどきわ》駅南口前から中央商店街の広い通りをまっすぐ南へ進み、右手三つ目の脇道へ入ったところにある。脇道に一歩入ればすぐわかるが、その脇道の位置を知らないと気づかない、「ちょっといい店」ポジションだ。

扉はあまり凝ってなくて、十字に仕切られた硝子の面積の広い、白い木枠に金の把手、で、引いて入ると、最初に目に入るのが正面にある大きな棚に並ぶ綺麗な色の瓶の列とその上にある小さい木馬で、色つき瓶は何種類かのサイダー。よく見ると右から琥珀色、オレンジ色、薄桃色、薄赤色、薄青、緑、白、透明、というのが二本ずつ並んでいた。琥珀はジンジャーだな、オレンジ色はオレンジ、透明はプレーンとわかるけど他は？　ミントは薄青かな緑かな。つい全部試したくなるがそれはまたいつか。

木馬は幼児が乗れるくらいの大きさで、頭の方を下に向けた形で天井から吊ってあった。鞍のところが少しだけ金と赤の色混じりで、全体は沈んだ木の色で古そう。

明るい店内の天井・壁はだいたい白で、壁の下部が褪せたような淡い青色だ。あちこちに棚があって、小さい木彫りの犬や猫や兎や驢馬や、そういうのが置いてある。「ぽれぽれ動物」と言うやつだ知ってる。恐龍もあった。肉食も草食もどれもほわあっとした表情で、自分たちが絶滅したことなんか忘れている。

テーブルは七つ、中央に広い六人掛けのが一つ、周囲に二人掛けのが六つ、椅子それぞれ。テーブルも椅子も灰色がかったベージュで少しずつ形が違う。端に小さい紙片が貼ってあって、どれも外国のなんとかいう古道具屋で買って来たとかそんなことが記されている。

客が四組、楕円形の六人掛けの一端に二人並んだ男女、あとは周囲三方に二人ずつ、男女一組、女性同士二組、と、それは、服装で判断しただけで、本人の性別意識は知りませんよ。

「いらっしゃい」とメリ。普通にウェイトレスできてるね、って当たり前って言われるだろうけど、でも僕から見ると偉い。

「あちら」とメリがこっそり示す、入口から見て左奥の二人掛けテーブルに向かい合う女性二人は、メリが言ってたとおり、ゆるくてふわふわしたのを着ている。

自分から遠い側が淡い桃色の、近い側で背を向けている方が薄青の、どちらもワンピースだった。でもワンピースとはいうけど、袖なしでなんか頭からかぶって着るみたいな、そういうの、ずっと昔、アッパッパとか言わなかったかな、あ、だめ、それお洒落な言い方じゃないから、とメリなら止めるね。

胸と肩のあたりはそんなに余りがなくて首下にボタンもあるのだが、そこから下はもう袋かっていうくらい布地ふんだんな、ゆったりな、中にもう一人小さい人がいそうなくらい。

メリが、ゆるふわ二人のテーブル近くの、薄青さんの背の傍にある椅子に案内してくれたので、座って「薄青ソーダ」を頼んでみた。

注文完了後、「あのう」とメリが、二人に声をかけた。

僕の方を示して「こちら、ジュンです」とまず紹介から。

次に僕に二人を示して、

「こちら、ゆるふわさん」ってそれ、勝手な呼び名、と思っていたら、

薄桃色の人が、

「ゆるでーす」

薄青い人がこちら向くと、細くて黒いアンダーリムの眼鏡さんで、

「ふわでーす」

って、さすがゆるふわ、適当な言われ方もそのまま受け入れてこだわりがなかった。

「あのう、なにかっていうと、Dガチャと、いうぅですねー、」と始めてみると、

「あ、それ、わたしたちが勝手にそう呼んでるけど、それだとあんまりなので」とゆるの人。

「Dエクストラと呼んであげてください」とふわの人。

「で、それは……」

「探してます」とゆるの人。

「見つけたら教えてくださいね」とふわの人。

「どんなものなんですか？」

「もの、じゃないんだけど、そうだなあ、よく神社で、竹筒みたいなの振って端の方の小さい穴から細いヘラみたいなのが出るやつあるでしょう？」とゆる。

「え」

「えーとね、そのヘラの先に番号が書いてあって、その番号にあわせて小さい紙の巻物みたいなの受け取るの。そこに吉とか凶とか書いてあって」とふわ。

「あ、おみくじ」

「そうです」「そうです」

「なんだ、デスティニー・ガチャかなって言ってたんだけど、少しあたってた？」

「そーですねー」とふわ。

「運勢占いとはちょっと違うんだけどねー」とゆる。

「番号でひきあてるっていう方式は同じなんだけど、占いとはちょっと違うなあ、でも」

とふわ。

「でも？」

「それはとても大切な言葉なんです」とふわ。

「どんな?」

「世界の」「世界の」

「世界の?」

「うーん」「うーん」

と二人、考えて、しばらく、そこへメリが来て「薄青ソーダでーす」

綺麗な青はカリブ海みたいで、

「カリブ海ソーダって言おう」

「店長に相談するね」

口つけたストローから来る、すわっとした心地は、やっぱりミントだった。甘味は少ない。こういうとき「甘くなくておいしー」って言うと怒る(「甘いもの好きで頼んだはずなのにわざわざ甘くないことを褒めるなんて、裏切者! 偽善者!」)人いるらしいから「すっきり」とだけ言っておこう。

「考え、まとまりましたか?」と二人に聞くと、ゆるの方の人が、

「わたしたち、っていうか、みなさんそうなんだけど、世界を終わらせたくないですよね」

え、飛躍。この人たち、スピリチュアルな人だったのか。

「えーいえいえ、別に世界救済のために戦う話じゃないです」とゆるの人。

「生きるって……」とふわの人言いよどむ。

いきなり人生来た。

「あのね」ゆるの人。

「わたしたち、食べて排泄して寝ていればなんとか生きてる」

「はい」

「だけど、わたしたちには言葉がありますね」

「ありますね」

「言葉の新陳代謝、活動休息っていうか」

「うーん、ありますねそう言えば」

「言葉レベルで生きるっていう気持ち、なしではいられないと思うんです」

「はい」

「わたしたちの心が世界を支えているって、思いませんか？」

「それはどうかなあ」

「物質レベルでは無意味かもしれませんね。でも」

「でも」

「そう。でも」

というような話がもう少し続いて、いきなり、二人が語り始めた。

「見えないものこそ一等よく見えます」

「苦痛は白紙のようなもの」

「いちばん身近な夢は果されずに遠のく」

「海には　沢山のベッドがある　眠りたくない人たちのために」

それはどちらが言ったかわからない。何のことかわからない。

メリが寄って来て、

「終わらない生はないが終わらない言葉はある、ね」

加わった？　どこから来た言葉だろう。

「こういうのがわたしたちの言葉の呼吸を助けてくれるのです」とふわ。

「でも、放っておくとだんだん言葉の生命が減ってゆくのです」とゆる。

「だからいつも探しています」

「Dエクストラはね」

「A、P、C、Tって、ほかにもいっぱいありますけど、わたしたちが特に好きなDエクストラ」

尋ねてみた。

「じゃ、見つけたことはあるんですね？」

「でもすぐどこかに行ってしまうんです」

「いつも探していないと見つからないんです」

「どうしたら？」

そこへまたメリが来て、

「仕事終わったらジュンと探しに行きますね」

「ぜひぜひ」「ぜひぜひ」

それからふわの人が脇の生成り色のバッグを開いて手で探って中からなんか出してきて、「これ」と手渡してくれた、それは一枚の紙片で、

「地図ですか」と言ってからよく見たら、見たことのない紋章みたいなのが真ん中に印刷されたカードだった。トランプくらいの大きさだった。

中央の図はアルファベットのDを図案化したもののようだけど、ものすごくアールヌーボー風に図案化されていてなんだか蔓草《つるくさ》がいっぱい絡まっていて一見してDとは思えない。でも主要な曲線を辿っていくとやっぱり筆記体大文字のDなのだ。

「このカード見せて反応ある人ならなんか教えてくれますよ」

「そうだ」とゆるの人が「ちょっと貸して」と言うので手渡すと、こっちは山吹色のバッグからボールペンを取り出して、カードをテーブルに置いて、緑色の字で、

「ゆるふわ姉妹　れい　めい　より」

と書いた。

「わたしたちから、ってわかるように」とゆるの人。

「ありがとう」

といういきさつの後、メリの仕事終了を待って、でかけよう、世界を救いに、言葉を探しに。

でもね。

「でもいつもと変わんないね」

「街中をふらふらするだけ」

「フラヌール」

「フラヌール」

「でも今日は、人に尋ねて歩くよ」

「歩くよ」

誰に聞けばいいか、見当がつかないので、メリが眼をつぶって、「ほ」と指さした人にしてみたら、西急デパートの前の小さいベンチに座っている歳とった男性だった。

「お休みのところすみません」とできるだけ礼儀正しく話しかけながらカードを差し出すと、

「『ゆるふわ姉妹』？　あ、あれかな、見たよ、この間、『お笑いグランプリ』で、あの太った子と細い子のコンビでしょ。何か言うたびくるくる回るの面白いよね」

と仰せになるので、

「すみませんでした」

と二人で退散した。

「きっと『フリフリ姉妹』だね」とメリ。

そういうコメディアンがいるのだと知った。で、それは間違い。

こうして何人も何人も、尋ねて歩いてみて、回答は「知りません」「なにそれ」「あ、会員カード？　それよりいい店教えたげる」「今忙しいので」「なんですか、勧誘ならいいです」「なんだかわかりませんねえ、今度先生に聞いてみますわ」「失礼します」と続いて、

ある中年くらいの女性が、

「あれかな。来て見て」と言うのでついて行くと「Dr.リボーン」という大きな看板があって、そこに「あなたも20年若返り」と書いてあって、

「これ、いいらしいよ」と女性は言うのだけど、どう見ても怪しい健康食品の看板で、それに僕たち、二〇年若返っちゃったら幼児なので、

「どうもありがとうございます」で別れた。

「難しいね」

「これじゃやっぱり無理だね」

見上げると空が暗かった。星が見えた。三日月があった。周りには街燈と店の明かりが点いていた。メリが仕事を終えたのが八時くらいだったのでもう夜中だった。

「通りすがりじゃなくて、どっかの店入ってみようか」とメリ。

「よし冒険だ」

でも、思い当たるのはまず本屋さんなんだなあ。

ときわ書店、という、夜遅くまで開いている、街のシンボルみたいな店名の、僕たちがよく行くところに向かった。

「店長なら知ってるかな」

「アピタさんのほうが知ってそう」

アピタさんは髪の長い、小柄で細い、女性でいつも黒主体のパンクななりをしている。両腕にタトゥーを入れていて、夏はアラベスク模様の手の躍る会計が素敵な二十代半ばくらい。「アピタ」はステージ名だそうで本名秘密です。

もう一人大学生らしい男子アルバイトがたまに加わるが、だいたい店長とアピタさんが交代で店番をしていて、どっちがいるのかは店に入るとすぐわかる。店内に響く音楽が違う。店長はいつも癒し系のニューエイジだがアピタさんのときは必ずヘヴィーメタルだ。

古い木の看板の掲げられた入口の広いときわ書店に来ると、外にも聴こえる「グワーン、ドドドド」という重低音。「アグア、ドブラジ、ザクトゥ、ガッドス」という意味の知れない低音の咆哮。アピタさんだ。アピタさんがいる。

店内は地味な文学書・人文書、山の本・映画の本・古典芸能の本、中心の由緒正しい町の本屋なのだが、アピタさん店番のときは絢爛たるメタルの饗宴で、異世界に来たようだ。

「こんにちは」とにこやかなアピタさんのところに進むと、

「はーい」とメリがレジカウンターのところにあった。

「あのう、これどすい」とメリがカードを差し出すと、

「あ、デス・カード?」違うと思うけど、こんな複雑な模様から素早くDを読み取るとはさすがアピタさん。でも「Death?」デスメタルかい。

「デス・カードなんですか、これ?」

「知らないけど。Dはデスでしょ」

「そうかなあ」

本日のアピタさんは袖なし・黒のツナギにレザーを巻き付けて膝にプロテクトついたスタイルだった。ものすごく戦闘的な書店員だ。

「こういうのなあ」とアピタさんは、

「グッディに聞けば知ってるかも」と教えてくれた。

「どなたでしょう」

「うちのベース」アピタさんがやっているバンド「ザ・バルバローザ」のメンバーだそうで、今ならきっとウィステリアという地下のバーにいるだろうと聞いてメリと再出発だ。

ついでに文庫コーナーで見つけた『川端康成不思議作品集』という新刊を買って「アピタさんありがとう」「ほっしゃよー」

ウィステリアは駅北口側飲み屋街の「夜暗《よるくら》ビル」地下一階にある。そのビルは午後十時以後明かりが全部消えて車道に面した窓がどれも真っ黒に見えるからメリと僕が勝手にそう呼んでいる。

五階建ての一階から上はなんかの堅実な半民半官の事務所らしいのだが地下一階だけはバー・ウィステリアとパブ・フォントともうひとつ、店名も明らかにしていない、なんだかわからないクラブらしい店が入っていて、どれもなんとなく秘密な感じだが、メリも僕もまだどの店にも入ったことがなくて、これこそが冒険なのだった。

のだけれど、何の飾りもない真っ黒でとてもとても一見さんお断りな感じのドアを引いて入ると、カウンターから渋い声のバーテンが「らっしゃい」

内装は黒と淡い灰色が主で入口のそばに小さいテーブルとチェアがあってその向こうにL字型のカウンターで、奥に長く幅が狭い。客はカウンター奥の端に一人、大柄の男性で金色短髪に黒のスーツでちょっと怖め。

「気後れするわあ」とこっそりメリ。僕もだが、でも、冒険だ。

心とり直して、「どうぞ」と言われて勧められたカウンターの入口近く、L字の下横線部分のところの、高くて床に足の届かない椅子に二人腰かけると、

「何にします?」と灰色と黒の縞模様ベストで、黒いボウタイのバーテンが、この人がグッディさんかな。

まず僕が注文、

「ジン・フィズ」と、これならどこでもあるし、平凡に行きたいと思い。

メリはうろたえながら、

「シャンディ・ガフ」と、知ってるアルコール弱めのカクテルの名前をようやく探し出した感。

「ははい」と受け取るグッディさんらしい人はそんなに背が高くなくて、怖そうでない。細面にちょっとたれ目気味の目が安心感を誘うのだった。声はやっぱり渋い。

ピーナッツとアラレの入った白い小さい器が二つ出されて、しばらくするとジン・フィズ、シャンディ・ガフと揃ったので、ジン・フィズを一口、咽喉に入れて、

「あのぅ」

「はい」とバーテン。

「アピタさんに聞きました、グッディさんですか?」

「いいえ」とバーテン。

えっ、いないの? これは時間を間違えてしまったか、とメリと僕は顔を見合わせて心の中で「失敗しちゃった」。ところが、

「グッディさんならそちらさんですよ」

と奥にいた金髪・黒スーツの人を示して、すると、

「グッディ俺だけど」

え、客の方でしたか。

そしてグッディさんはするするするっと近づいてきて、L字カウンターの直角のところのすぐ脇のカウンターチェアに座って、

「アピタがどうって?」

「ええとね」とメリが言う。

「Dエクストラっての、探してましてぇ」

で、僕がカードを差し出して、

「これ、なんかわかりませんか?」

金髪グッディさんが手に取って、

「この模様、Dなわけ?」

「そうです。きっと」

「じゃ、これ、デーモン・カードだな」

とこれまたメタルやってる人らしい答え。

「なんですか」とバーテンさんも見て、

「ドリーム・カードの方がよくないですか」

でもその実態は?

「ご存じ?」とメリ。

「初めて見ました」とバーテンさん、言ってみただけ。

「俺も見たことないけど。でもデーモン・カードだね。そうあるべきだ」とグッディさん。

「どう使うんですか?」

「そりゃこれで地獄の門が開くんよ」

「だったらそれ、いいです」

「そしてそのとき世界は紅蓮の炎にー」

「えー遠慮します」

「いい詞が書けそうだわ。ありがと」

とグッディさんも詩人だったのだ。

こういうふうに影響を？　それもありか。

「どなたか、このカード思い当たる方ご存じないですか？」とメリ。

「まあ、トモピとナカプラにも聞いてみようか」

「メンバーですか？」

「トモピがドラムでナカプラがギター・ヴォーカル」

「みんなPが入ってますね。あ、グッディさんは違うのか」とメリ。

「俺、ステージではグッピー」

「泳ぎそうですね」

という会話がしばらく続くうちにメリがシャンディ・ガフを飲み干していたので僕も残りをぐいって終えて、（本当はバーで一杯だけで帰るってあんまりよくないらしいと聞いたけど）グッディさんが紹介してくれるという二人のところへ行こう、でもこういう店、一番気になるのは……

「じゃ、マスター、チェックおねがい」とグッディさん、

「この二人の分も」

「え」

「え」

「いいって。詞のネタくれたから」

「ありがとうございます」と二重奏。

バーテンさんに見送られて出て、三人で地上へ上がると、「こっち」と言うグッディさんの後ろからついてゆくのだった。

なるほど「グッディさん」だけあるね、見かけは怖めだけどすごくいい人、そうだねとこそこそメリと言いながら、そうか、このお金に困ってないらしいのはきっと、バンドの必要経費はグッディさんが持ってるな、きっとメンバー兼スポンサーて感じじゃない？ とこそこそ。

「あれ」とグッディさん指さす先に青い字で「COOTE（クート）」。中方線周辺には多いコンビニだ。

入りまして、そろそろ深夜近く、他に客もいなくて、でーっとしてる店員二人の右の方の緩い表情の細い人をさしてグッディさんが「こいつトモピ」

左側の、グッディさんと同じくらいの背の高さの体格のいい眉の太い人をさして「ナカプラ」

二人ともコンビニでアルバイトだった。

「わたしメリです」

「ぼくジュンです」

そこで毎度のとおり、カードを示して、「なんか知りませんか？」こういう沢山の人が行き来するところなら何か知っておられてもよろしかろ。かろ。

以下二人の反応。すべてカード名の推測であります。

「ドラゴン」「ドドンパ」「どすこい」「どんびき」「どいつもこいつも」「どんがらがっちゃん」「でこぴん」「でぶねこ」「ダイブ」「大仏」「ダダッダッダダ」

「もうちょっとましなのないのかよ」とグッディさん。

「デトロイトとかさあ」というそれはバンドの聖地だそうである。

だがそういうことよりも、Dエクストラの所在が問題なので、大喜利はいいから。

「ちょっとトイレお借りします」とメリ。

「うんどうぞ」とトモピさん。

で少し雑談始まる、「あのさあ、」とナカプラさん、

「憶えといてもらうといいんだけどさ」

「はい」

「コンビニで深夜くらいに来て、トイレ借りるとするでしょ」

「はい」

「で、出て来て、トイレ借りといて何も買わないと悪いからって無理して小さいもの買おうとするじゃない？」

「あるある」

「でもそれ、俺たちアルバイトからすると、仕事増えてメンドいだけなんで、好きなだけトイレ使ってくれていいから、なーんにも買わずに仕事増やさないでくれるほうが嬉し

い」

「ほー」やはり労働の現場は聞いてみないとわからない。

そこへメリが出て来て、お礼のつもりで何か買おうかなという顔なので「買わない方がいいよ」というように手で合図すると、今夜は察しのいいメリであった。交代に僕もトイレ。

帰って来ても、だが収穫はない。やはり無理か。

「Dエクストラ、やっぱわかりませんか」

「そーだねー」とグッディ、トモピ、ナカプラ三者口々で、仕方ない、「どうもお騒がせしましたあ」と言って出ようとすると、さっきまで他に客はいないと思っていたが一人、白いワンピースで、これまたゆるふわの、十七、八歳くらいかな、ちょっとうさぎみたいな感じの女子がいた。耳が長いわけでもないのだが、どこかがくるっとうさぎらしいのだ。

近づいてきて、

「Dエクストラ」

と言った。

「はい」

「Dエクストラ」

「え。ご存じ？」とわくわくのメリ。

「はい」と少女。

遂に！

「で、それはどこに？」と尋ねると、

「ここです」

「え」

「Dエクストラです」

「え」

「わたしがDエクストラです。そう呼ばれています」

「ええー？」

「Dカード、ください」

「はい」と手渡すと、

「これ一枚で三回分」

「え」三回番号を引けるということ？　でも機械がない。この人が手にしている小さいバッグに入るくらいの大きさ、とも思えないけど、

「どうするんですか？」

「数字」

「数字？」

「一から一七七五までの間のどれでも」

「数字を言うと？」とメリ。

「そのナンバーの詩を暗唱します」

「えー、一七七五篇の詩を全部憶えてるの？」とメリ大驚愕、は僕も同じ、グッディ以下三人も同じ。

「どれもエミリ・ディキンスンの詩です。ディキンスンは詩に題名をつけなかった。死後に出た全詩集には、それで全部通し番号が振ってありました。その番号を指定してくれればわたしが言葉にします」

奇蹟の少女を見た、という顔の僕は、これから異次元みたいな時間が始まると思って、それはみんなも同じで、

「ちょちょっと、立ったままでは惜しいから」とトモピさんが言った。

「ほんとはもっと高級なとこだといいんだけどさ」と、店内端の方にあるイートイン用スペースにあるテーブルと八つの椅子をさして、

「どーぞそこで」

アルバイト店員にとっては面倒とはいえ、全然何も買わずにスペースを使うのはルール違反なので、僕たちは缶コーヒーとかジュースとか茶とかを買って、トモピ・ナカプラ二人の面倒そうな会計を済ませてから、スペースに入った。Dさんには僕がアイスミルクティーを買った。

グッディさんがスマートフォンを取り出して、

「アピタ？　今からすごいこと始まるから来ない？　クートにいる。他の奴もいる」

僕たちは椅子を動かして、Dさんを中心にして座った。

「五分くらいでアピタ来るって」とグッディ、僕たちは待った。

その間、二人、客が来たのでトモピ・ナカプラ対応。

「いよう、面白いって、デス・カードのこと?」と言いながらアピタさん来る。ときわ書店にいたときと同じ服だった。ビタミンレモンを買って参加。ちょちょっと経緯を話す間、アピタさん待機。トモピ・ナカプラ両氏も戻ってきて席に着いた。

「始めるよ」とメリ。

でも、ここで迷った。あてずっぽうに数字を言えばいいのだけど、「どうしよう」とメリと相談の結果、「今日の日付けで」「七月十二日だから」

「七一二番お願いします」

するとDさんが、

Because I coud not stop for Death —
He kindly stopped for me —
The Carriage held but just Ourselves —
And Immortality.

あーそうかー、ディキンスンはアメリカの人だったねー、英語だねー、なんとなくは意

味わかるけどーという顔で聞いていると、Dさんが、

「これで第一連です。全部で六連あります。日本語訳で聞きたいですか?」

「え」「え」「え」「え」「え」「え」と六人同時に、

「訳詩も暗唱できるの?」

「どの訳がいいですか。七一二番は現在十種類くらいありますが」

「え」「え」「え」「え」「え」「え」それ全部憶えてるの?

するとと、

「えーと、一番よく研究とか紹介とかしてる人の訳で」と安全牌を狙うグッディさん、やっぱ、あなた、ロックやってても安定した資産家らしさがこういうとこに出るね。

「では『完訳エミリ・ディキンスン詩集』の監修をしている新倉俊一さんの訳で」

「お願いしまーす」

わたしが死のためにとまることができないので
死が親切にもとまってくれた
馬車はわたしたち二人きりと
それに「永遠」とで一杯だった

ゆっくりと一緒に乗り

彼はすこしも急がなかった
だけどわたしは放棄した　働くことも　暇も
彼の親切に応えるために

子供たちが休み時間に輪になって遊んでいる
学校を二人は通り過ぎた
目を瞠《みは》っている麦畑を通り過ぎ
沈んでいく太陽も通り過ぎた――

いや　太陽が二人を通り過ぎた
露が冷たくふるえて集まった
わたしのガウンはくもの糸で
肩掛けは薄絹だった

やがて土がすこし盛りあがった
家らしい前で馬車をとめた
屋根はほとんどなく
なげしは土に埋もれていた

あのときから　何世紀もたっている
だが　なんと短く感じられることだろう
馬の頭を永遠に向けたと最初に思った
あの一日よりも

終わってしばらく、僕たちは言葉を思い返して無言。無言。無言×六。

「ディキンスンの詩、少し憶えてるのあるけど」とメリ。

「特別、不思議系当てたみたい」

「うん、すごく当たってる」と僕。

「Death来てるし」とアピタさん。メタルやってる人はそういうところ、逃さないね。

夜は夜は。老いてゆく。とびきり明るい店内に夜夜が満ちてゆくね。

それは夏のとても大切な時間で、メリと僕は、それとザ・バルバローザのメンバーも、天才少女の伝えるアメリカの天才詩人の底力にノックダウンだぜ。

「次は？」とD。

「うーんと」

このまま心置いたままでいい気もしたけど、ふと思い立って、尋ねた。

「Dさん、あの、逆引きってできますか？」

「どういうことでしょう?」

「番号で引くんじゃなくて、知ってる一節からその詩全体を決める」

「できますよ」

「じゃ、お願いします『見えないものこそ一等よく見えます』」ゆるふわ姉妹が口にした言葉。二人はこのDエクストラ・ガールから聞いていたはずだから、きっとこれはディキンスンの詩の一節だろうと思ったら、当たっていた。Dさんは、

「九三九番の岡隆夫訳ですね」

と言って暗唱を始めた。

見えないものこそ一等よく見えます
榛《はしばみ》いろの瞳をとざし
祈りによって見るのです
瞼に想い出はないのですが――

たとえ五感が曇っていても
やはりしばしば見えるのです
まるでいとしい方の於面影に
御光がさしてくるように――

そこでわたしは立ち上り　夢見ごこちに
何よりの好意をささげるのです
すると嫉妬ぶかい日光が水をさし
完璧のお姿を　傷つけるのです

ゆるふわ姉妹はこの詩を聞いて憶えていたのだね、すごいね、とメリとうんうん言いながら、またしばらく、あ、お客さん、とトモピ・ナカプラ中座してカウンターへ。で、中休み。二人がまた戻って来たので、じゃ、もうひとつ。

「『苦痛は白紙のようなもの』」

「六五〇番の谷岡清男訳ですね」

「お願いします」

苦痛は白紙のようなもの
いつ始まったのか
苦痛のない日があったか
思い出せない

それは未来もない、有るのはただ苦痛だけ
その無限の領域には過去も含まれる
過去は新たに続く苦痛の感じ方を
知り尽くしている

「これで三回終了です」とDさん。

「惜しいけど、あとはどっかで調べます」

図書館で探そう、「いちばん身近な夢は果されずに遠のく」「海には　沢山のベッドがある　眠りたくない人たちのために」を含む詩。

「あのう」とアピタさん。

「このデス・カードはどうやって手に入れるの？」いやデス・カードじゃないんだけどさあ。

「詩を求めていればどこかで得られます」

「えー？　どうすれば……」

「あなたたちならまたいずれどこかで」

「えー」

と不審顔をしている僕たちに、Dは立って、

「ではみなさんご機嫌よう」

とお嬢さんなＤエクストラであった。

六人で見送って、はあ、ぼんやりしちったぜ、なんだろう、あれれ、時間経ってる？　おやや、こやや、というようななんだか丸めた紙屑的なざわざわを発する僕たちだったけれども、それで随分経って、僕は言った。

「人だった」

「Ｄガチャどころか」

「Ｄエクストラって」

「何？」とメリ。

「何？」と僕。

「何？」とアピタ・グッディ・トモピ・ナカプラ。

「でも天才だった」とアピタ。

「うん、奇蹟だった」とグッディ。

「なんかもらったよね」とトモピ。

「期待してる」とナカプラがグッディに。

「これなら」と僕。

「最初からＤガチャはＤエクストラで、女の子でって教えてくれればすぐわかったのに」

「え、でも、逢えるとは限らないし」とメリ。

「それに、ゆるふわさんたち、人の形とは限らないって言ってたじゃない」

「え、聞いてない」

「人のこともあるし、機械のこともあるし、よくわからない影みたいなときもあるし、って」

「ええー」本当に聞いてない。憶えがないぞ。

「それってなんだか妖怪みたいー」とアピタ。

「妖怪、はなあ、ちょっと。というより精霊。街の精霊、どう?」とメリ。

「おおお」と全員。

「詩の精霊が街にときどき現れるってことで、ね」とメリ。今日のメリはまるで巫女。

召喚できたね。魔術だね。

「でも僕はそういうこと聞いてないんだけど」とやっぱり言いたい。ゆるふわさんたちはDエクストラが人とは限らないなんて言ってたか?

「でもそういうことにしておこうよ」とメリ。

「うん」

わたしたちが詩心をなくさないでいられたら、また逢おう、Dエクストラ。

なお、この経験を経て、グッディが超クール な詞を書き、バンド、ザ・バルバローザが伝説の名ライヴをなし遂げた、かどうかは知らない。

きの旅

flâneur 05

「コンイロイッポンシメジ」

とメリが言うので「がんばれ」と答えてみた。

「概念を重たく被《かぶ》り耐えている」

「なにそれ」

「渡辺松男って人の」

「きの短歌？」

「そ。きの短歌」

それは正しく言うと、

概念を重たく被り耐えているコンイロイッポンシメジがんばれ

というのだけど、メリは「コンイロイッポンシメジって紺色なの？」と訊くからスマートフォンでちゃっと検索して「ほら」と画像を見せたら。

「うわー紺色。ほんと紺色。紺色ぉ」

「納得？」

「納得」

「でも知らないのにどうしてコンイロイッポンシメジなの？」

「きのう」

と始まったメリの昨日物語。最近メリは目の前のことにすぐ反応するのが苦手で、一日経たないと記憶がよく整理できない、と言うので、あるとき、じゃあ昨日のこと中心に話して、と言った。それからメリは昨日人になった。機能人ではない。ただのぼんやり昨日思い出し人間です。

「きのこオブジェ作ってます、っていう人がいて」

「どこで会ったの？」

「シメジ会」

「わかんない」

「そういう名前の即売会があるんだって。迷い込んだら」

って、迷うのか。どうもなんとかホール前の特設会場でやってたバザーで、手作り小物展があって、その中に「シメジ会」というきのこ中心の小物販売パートがあって、という状況を四回の問い含め十分くらいで把握した。

「そこで小さい瓶入りのきのこ売ってた」

と言ってバッグから出したのであった。高さ四センチくらいのコルク栓つき薬瓶のようなガラスの小瓶の底にちまちまと緑の人工草があって、そこに小さい赤いきのこがふたつ並んでいる。ものすごく小さいきのこの模型。

「タマゴタケね。片方の小さいのは幼菌ね」

「ヨーキン」

「幼いきのこね」

名前通り、たまごの殻のようなものから赤くて丸いのが顔を出している。その隣で、白いカップ状の割れた殻的なところからすくっと立ち上がって傘を広げている方が成長したやつね。どちらも赤くてかわいい。

「でしょ、かわいいでしょ」とメリがぐいぐいくるので少し引きながら、するとメリが、

「タマゴタケは食べられるよ。おいしいよ」

「食べたの？」

「まだ」

「そう」

「でも売ってる人が言ってた。タマゴタケはポルチーニに並ぶくらい美味なきのこです」

「その人が」

「次はコンイロイッポンシメジ作ります。色すごくしますって」

「すっかりきのこ人になったね」

それで僕たちはきのこ探しに出た。

出たけど、近くには桜の並木しかなくて、根元のところ見てゆくと、あ、これ。半月形の白っぽいのがいくつか生えている。

「サルノコシカケ？」

「硬そう」

もう少し行くと黄色い、なんかわからないだばだばしたのが生えていて、なんだろうなあこれ。ダバダバタケなんてないよね。

「画像で検索むずかしい」とメリがスマホ使ってもよくわからない。

「好きだけど、あんま考えたことなかった。きのこって」

メリが、

「木の子、ってことなのかなあ」

よく木のそばに生えてるよね。そこでまたスマホさんに訊きますね。

「きのこには、腐生菌《ふせいきん》と菌根菌《きんこんきん》があって」

「キンコンキンって」

「賑《にぎ》やかそう」

生きた木のそばから出てるのはだいたい菌根菌らしい。

「キンコンキン」

「キンコンキン」

メリは気に入っている。それで、

朝まだき樹皮の古きに耳をあて菌根菌の奏《かな》づるを聴く　紫宮透《しぐうとおる》

っていう、きの短歌をスマホが教えてくれた。あとね、「茸」で探すと、

茸《きのこ》たちの月見の宴に招かれぬほのかに毒を持つものとして　石川美南《みな》

なくて、

「あ、知ってる。名歌名歌」

と、と、と、きの短歌数々を口にしながら実《じつ》きのこを探すけど、どうも他には見当たら

「もっとないかな」

僕もちょっと不満なのは、ほらあのぐぐいっと傘の大きい、柄のしっかりした、きのこきのこしたのが森の片隅に生えているのが見たいと思ったから。

「森、行こう」と言うと、

「ジュン、どっかいいとこ知ってる?」とメリ。

じゃあ、と言って、近くの森、森、と探して、それじゃ足りないよとメリ、きのこだよきのこ。きのこ森もり。そうだねきのこ森。

やり直しで「きのこ　森」と検索してみたけど、そうか、場所を探すにはまだ不足だったね。「きのこ　森　ハイキングコース　東京都近く」これでどうだろう。

「あ、出た」

「あれ?　どうして」

地図が出て、僕たちのいる街から私鉄で先の方へ行ったところに印があって、そこがき

っと「きのこゾーン」なのだろうけれども、グーグルマップの位置表示は赤い逆水滴形のマークのはずなのに、出てきたのは見たことないキノコ形のマークで、

「このマーク、なに？」

「なにかなあ」

「でもこれなら間違いなしだね」

どこかな？　お、いいよ、いいよ、最寄りから十二駅先の、君津沢って駅で降りて山の迫ったところ。

「準備ね。三十分後に駅前集合ね」と、二人とも一旦戻って靴を替えよう。くたくたの普段履きの代わりに精一杯のスニーカーで僕たちは決意をもって小さい日帰りきのこ旅行にでかけるのだった。

「きのこ旅。きの旅」

「きの旅」

きのきの。そうだきのー。あ、リュックには替えの下着とか入れたほうがいいきの。汗かくかもだきの。それと虫刺されが嫌だから長袖長ズボンで行くきの。

「暑くないきのか」そろそろ夏終わっていたが、まだまだきの。

「森だしきっと影多いきの」

ペットボトル入り水と固形のカロリー高め菓子も持っていくきの。

こうして全身きのきのに準備して、早くも僕たちには期待のきのこが背にも肩にも生え

ているのだった。

電車はいいなあ、近くの駅から杜樋線《とといせん》という私鉄の電車で郊外へ、こうがいこうがいー、とメリはもう移りゆく景色が、あ、こんなところにも神社、大きな鉄塔、古い建物、ちょっと降りてみたいけど今日はきのこが目的なんだぞ。このへん近くなのになんかあんまり知らないなあ、ってそう言えば最近は市街地から西へは行ってない。いつもはふらふら、街中なんとか探しで歩くのが多くて、

「だいぶんシガイってたな」

「でも今日こそコウガイるよ」

自然はどこにでもあるね、本当は、って何が本当か知らないけど、ってメリが言う。

「本当は山まで行かなくても、神社とか寺とか広い公園とかに行くと、きのこけっこう見つかるって」

「でもなかなか」

「どこでもきのこすぐ見つけるのは『きのこ目』」

「きのこ目」

「新井文彦さんっていう人が書いてた」

『きのこの話』という本で。なんだ、よく知ってるね、メリ。

「最初のところ見ただけ。ちょっと前、きのこ女子めざしてたし」

でも。

「可愛めのきのこアクセサリーくらいで満足してたんだー、わたし実は生《なま》きのこ旅はニワカなんですう」

「初心恥じること勿《なか》れ」きのこは形が愛らしいから本物じゃなくてもね。でも、行くんだ、本日は、きのこ目がなくても見つかりそうに思うです。

「きのこ目ってさ、きっと修行積むと、額に」

「第三の目が？」

「すごーすごー、遂にわたしたち解脱《げだつ》するんね」

世界中のきのこを見出すわれわれはきのこ目。

「でもきのこ目だから」とメリは、

「そのうち、にょきっと出てきて」

そうか、額から伸びるカタツムリの触角みたいなのの先に目玉が。

「うわあ、なんか、解脱じゃなくてクトゥルーとかの仲間んなりそう」

「見たいなあ、クトゥルー目で見る世界」

もうそれ、きのこ関係ないから。戻るよきのこに。

「そうだきのこに」

ちょっとずつ窓の外には緑が増えてゆく。その間に住宅街と、それと駅前の商店街と、
あ、映画館も。

「あの映画館入ったことがある」と言う、外に見える街にそろそろ派手めの店が減ってく

る、最後辺りの、この先にはもうないから限界映画館。そうだ五年くらい前、あそこ、二週間限定の「宮崎駿特集」やってて、『ポニョ』と一緒に『ナウシカ』見たよ。

「ナウシカ、最後知ってる？」とメリ。

「青き衣をまといて金色の野に降り立つんでしょ」

「それは結末じゃないんだなあ」

「え、原作の？」

「そ。なんかナウシカ、全部殺しちゃうよ」

「えー」

世界は残酷だなあ。『進撃の巨人』みがあるね。

「きみつざわ、きみつざわ」

というアナウンスで僕たちは心あらたに、心きのこに、プラットホームに降りた。

改札を出て案内図を見て駅前バス停留所の中から「君津森」行きを探そう。

南口から出たところの駅前ロータリーをぐるりと一回りして見つけた3番が「君津森経由西杜頭《にしとがしら》行き」と確認して待つと、十分ちょっとでやってくる、白と青の綺麗なバスで、乗り込むと、バス楽しいね。始発だから座って行けるね。そんなに客多くない、窓から街並みが森並みになっていくのを眺めよう。

午後二時過ぎだった。晴れていた。きのこ日和だった。

「きのこ目ならここからでも道端のきのこ見つけられるよ」とメリ。

「えー」僕たちまだきのこ目はないけど。

バスがくるりとカーブ、その角に小さな社があって、大きな楠《くすのき》が後ろにあった。

「あの裏に大きいのがいるよ」

「ほんと？」

「きのこ目ならわかる」

「いつからそんな」

「目をつぶって」

すると僕にも見えた気がする。一抱えくらいの薄茶色いきのこたちの群れ。

バスは進む、街の小さな店々と脇道と信号と、

「次は君津森ー」と、そこで降りますボタン、ポピン。もうじきぃ。

「あ、ほら」

とメリが指さす先に、こんもりしたところ。

「こんもり」

「こんもり」

ここから見えるのは低い山か、ちょっと高めの丘といったところだった。緑いっぱいだった。思わしいなあ。樹の葉群《はむら》って想像を誘うね。心そっちに行ってしまいそうだね。

みどりの想《おも》い、ってなんだったかな、と言うと「なんだっけ。植物になっちゃう人の話だったかな」とメリ。あ、そんなホラー風の話なの？　よくしらないけどねー。

そこで満を持して出る『マタンゴ』の話。メリも僕もこれはＤＶＤで何度か見ている（いえ菌類は植物とは別ですけど。ホラーつながりで）。

「フォッフォッフォ」孤島のきのこの森できのこ人間たちが伸びあがるときの声。

「この音声はその後、バルタン星人の声にも使われてるよ」

「おたー、ジュン、おたー」

放射能きのこを食べて身体からきのこが生えて、きのこ人間になって森でフォッフォッ言ってる。主人公はここに迷い込んで逃げても逃げてもフォッフォッフォ。一緒にいた女性がそこに生えているきのこ食べながら「おいしいわー」彼女もそのうちきのこ人間決定だ。ソプラノでフォッフォッフォ。

「でももうきのこなっちゃえば怖くもないし、森で楽しくフォッフォッ」

そうだそうだきのこになっちゃおうフォッフォッフォ。

「君津森ー」というアナウンスで慌てて降りた。

少し先にハイキングコース入口とあって自動車進入禁止で安心ウォークなのだった。

「フォッフォ」

いや違うから。

すぐ先に木々が迫っていて、もう樹木が左右から枝を交わしていて、そこ、門をくぐるみたいに、そうだなあ、森々したところ、普段は来ないからあちらもこちらも新鮮だ。右側が山で左が平坦で、僕たちは山の周りを巡ってゆくのかな、メリが、

「こんにちわあ」

と大きく言うので僕も少し遅れて「こんにちわあ」

前から人が来たからだ。こういうところだと挨拶するのね。なぜってそれは相手が人だと確認し合うためで、きのこ人間は「フォッフォッ」しか言えないから。

「え、でもきのこになってもいいんでしょ」

「わたしたちはそうでも、自分はやだって人の意志も尊重しよう」

ときおりすれ違う人たちはみんな長袖で帽子をかぶっている。しまった、帽子かあ。と悔いていると、メリが、

「ほらこれ」

と指さす、右手、山の斜面の下の方の草の中に生えている真っ白なきのこ。

「でかしたっ、今日、森で初めてのきのこ」さすがきのこ目(のはずはないか)。見つかった白いきのこは、傘が球形に近くて、まるっと愛らしいが、たくさんの棘が出ていて、これはもし食べたら死ぬな、殺しに来てるなって感じで、

「でも綺麗」と言うとメリもその「でも」のところの文脈を言わなくてもわかっていて、

「あんま愛想ない美人のきのこってのかな?」

「そだね」

今度こそすぐわかるようにスマホに『きのこ図鑑』アプリ入れてきた。画像でも検索可。で、写真モードで撮って画像検索すると『きのこ図鑑』には「シロオニタケ」と出ている

のがそれらしかった。傘が球形なのはやや幼い形なのだった。

「やっぱ、毒、って出てる」

「だよねぇ」

少し先にも三つあった。ひとつは大きく傘が開いていた。

「球形の小棘付きがアートのオブジェ感」と言うとメリは、

「憶えといて帰ったら作ってみよ」と言ってカメラ起動。立ってしゃがんで何枚か撮る。僕も撮る。白い紙粘土使ってできそうだな、など考えていると、

「はいこんにちは」と両手に杖持って歩く人が来て「こんにちは」と今度はユニゾンで言えた。その人は男性で老人で、薄青いベストを着ていた。

後ろへ去ったので、

「あの二本杖」

「あれ、トレッキングポール」とメリが教えてくれる。特に足が悪いからじゃなくて、斜面のところが歩きやすくなる。コースは今こちらからはやや上り坂だった。やっぱり僕よりよく知ってるね、メリ。

山側の木が大きめになってきたところで、目をこらしていると、ちょっと影になったところに、

「はいー」見つけた、赤茶色い、すごい色のちょっと気持ち悪いようなの。何これ。

「カンゾウタケかな。だったら食べられるよ」とメリ。

木に生えている。木はこれは？　懸命に確かめるとどうも椎の木らしいし、やっぱりこれはそのカンゾウタケかあ。「主にシイの木に発生」だって。また検索、『きのこ図鑑』、はい、当たり、カンゾウタケ。木から肝臓生えてるってなんだか恐ろしいけど、それが英語では「ビーフステーキ・フングス」って。ステーキ？　「森のステーキ」とも言われる。

「不思議だなあ」

さらに行くと、きのこ目なしでももう誰でも見つけられる、大きいのは高さ三十センチくらいある大きのこ。茶色の大きい傘の真中にぶちぶちした破片みたいのがついていて、それが大小で四つ同じところから出ていた。

「お化け出たね」

「出たね」

これは夜になると傘を揺らして「わいわいわいわい」と言うのだ。すると遠くにいる仲間が傘を揺らしながら「わいわいわいわい」と応えるのだ。

なんだか嬉しくなって写真撮りまくりの、これはその名も「カラカサタケ」。夜、目が出るね。一つ目だね、きっと踊るね。「わいわいわいわい」。いくぞ先へ先へ、と呼ばれるように山側の森の中、とりわけ幅狭く木々の茂るところ覗いてみると、そこには枯木倒木がたくさんあって、あちこちにたくさんの耳が。

「あ、ここら耳だらけ」

「キクラゲ」

「黒い耳」

「耳いっぱい」

なんか聞かれてる？　きのこ耳。そういえば茸って草冠に耳だ。耳族だった。耳祭りの森から出ると、それまでの上り坂が下りになって、左手に広い草地が見えて、あ、これ、かわいいね、菌輪。今度は足元だ。小さいきのこたちが輪になっている。

その少し先の方に、丸いころころしたのが幾つも幾つも出ていた。幾つも幾つも、丸い茶色いのが無数、たくさん、ずーっと先まで小さい丸いのがいっぱいいたくさんだ。

ホコリタケですねこれ。近づいて圧《お》してみるとぷふっと煙みたいなのを吐きだして、じゃあこれもこれも、とメリも僕も止まらない。

「胞子」

「胞子」

「胞子」

「胞子」

「胞子」

あたり白い茶色い胞子で霧の中のように視界が曇ってきた。こんなに胞子出るもんなの？　というメリの声がなんか遠い。くもくも。しろしろ。茶色茶色。空は？　数メートル先も怪しい。メリ。ジュン。声を交し合うよ。ジュンいる？　いるいる。メリいる？いるいる。

しばらく進むと、いきなり立札があった。そこに墨痕鮮やかな、胞子霧の中でもはっきり見える字で、

爛々と昼の星見え菌《きのこ》生え　高浜虚子

「あ、有名有名」とメリ。

「でも『客観写生』って言ってた高浜虚子が、きのこの句ってなるとこれだよぉ」

幻想世界みたいで大好きなんだけど、弟子の句には主観を排せとか文句つけてた伝統俳句ボスの高浜虚子の句とも思えない、でも名作、と続けてメリ。「爛々と昼の星見え」って只事じゃない感。

というこことはいいんですが。

「なんなの、これ？」

「きのこ札《ふだ》」

「うん」

「あ、脇に『きの句』って書いてあるよ」

「きの句。うん、これ、きのこ句だけど」

「休憩処　きの句、だって」

「おや」さっきは見えなかった。じゃあこの先に喫茶かなんかがあるの？　いいね、入ろ

うね。そうか、グーグルマップ特別きのこマークはこの店の位置を示していたのだ。

「うん行こう行こう」と、おや、苔だ、立札のところから緑の苔が細い道になって続いていた。

三十歩くらい進めば、いきなり、それと開けた視界の先に渋い木造の平屋が、「あれだね」と言うとメリが「あれだね」

木の看板に大きく「休憩処　きの句」

「見たことないね、この屋根」とメリが指さす、茅葺《かやぶ》き屋根なのかなあ、われわれはもうそういうのは知らないですのでわかんないけど「風情ありますなあ」と言ってみた。

柱も板壁も戸も、白茶けた、日なたで何十年も経たみたいな様子だが、でもなんか小奇麗で要所要所が新しいから、きっと。

「どっか田舎から古そうな素材持って来て組み立てたんだろうなあ」などと言い合いながら、曇りガラスの嵌った、年月含みの戸を引いて、

「こんにちわあ」

「いらっしゃい」と若い女性が、裏で「おいしいわー」ってマタンゴ食べてたのかなあ、と、ふと思うような、『マタンゴ』の主演女優にちょっと似ている。

「どうぞ空いてるところへ」

と言われて、見れば奥の方で男女六人、顔寄せている。「季題は」とか聞こえるので、

「句会っすか？」と尋ねると、

「はいそうです」

「お邪魔じゃない？」とメリが気遣って見せるけど（見せるだけ）、

「いいえいいえ」と言われて、ちょっと離れた入口近くの二人掛けのテーブルのところに
位置を占めた。

アイスコーヒー。アイスココア。と注文して、待っている間に六人のところから聞こえて来る。

「あもふ」「はりもふ」

「次は、」

「明《あ》かしくてすんぐ古《ふ》りても茸《たけ》こもつ」

「うんうん」

「そうそう」

「初句かんなびいくない、ちょっと」

「うるしくなったらね」

「季語ぼってる」

「そこはふるんぼで」

「ほぼとこでは？」

「まるた的」

「入った点数読み上げます」

「五点」

「五点」

「五点」

「五点」

「四点」

「合計二十四点。最高点おめでとうございます」

「あもふ」「はりもふ」

「ふぉ」

おや？　「ふぉ」って言わなかった？　とメリに言うと、

「うん、聞こえた」

「あの人たち、まさか」

続いている。

「あもふ」「はりもふ」

「ふんぐるいふんぐるい」え、まさか。

こっそりメリの耳元で「クトゥルー句会?」

「かなー?」

「おまたせしました」

アイスコーヒー、アイスココアくる。お姉さんほんと、裏でマタンゴ食べてるでしょ。

と言いたかったが我慢。

見ればお姉さんがグラスの下に敷いてくれたコースターになんか書いてある。

僕の方のコースターには、

傘さしてまつすぐ通るきのこ山　　桂信子

「名句」

「名句」

メリの方のコースターには、

いつせいにきのこ隠るる茸狩《きのこがり》　　鷹羽狩行

「名句」

「名句」

と、しばらく、きのこ句の趣に浸っていると、奥の六人が、

「では名を明かしましょう」

というのは、さっきまで全員匿名で出して、それぞれ読んでみんなが感想言い合って点付けていた句の、作者が名乗り出るわけだな。と、思っていると、

「一番シビレタケ」

「二番コンノウタケ」

「三番モグミタケ」

「四番トキワタケ」

「五番シミリタケ」

「六番オクリタケ」

ってそれ、名前ですか？

こうしてわらわら、話と笑い声が続いて、

「絶対人間じゃないよね」

「きのこ句会ってこういうのなの？」

コーヒーは旨かった。メリもココアよかったと言った。

では支払いの後、再び出よう。きのこ句会の人たちはまだいたけど、あの後それぞれ山の中に戻って行くのかなあ。

休憩処きの句、はちょうどコースの折り返し地点にあって、ここからは山を巡って出口まで、今度は左手に山、右手が平地で、またここからがきのこ三昧、きのこ振る舞いで、あれーあれー　ちょっと待って。山の周りを廻って行くんだったら行きも帰りも右手が山側、左手が平地のはずでは？　うん、よくわかんないな、そうだね、そうだ。

なんかわからないまま、さらにめくるめく、きのこたくさんのコースを巡って、巡ってきたはずだね、十メートルの赤い巨大きのこあったよね、這いまわるきのこいたよね、七色のきのこ、見たねえ、ええ？　そうだっけ？　再びハイキングコース入口のところまで来て、帰りもバスで君津澤駅まで。バスの車体の色が綺麗な銀色だった。

駅前に例の映画館、

「あれ？　限界映画館、別の駅にあったんじゃなかった？」

「なんか違う」

「バスの色とかも。いろいろ違う感じ」

「君津澤、も『沢』だったよねえ」

メリが言うのは、あんまり大きな違いはないけど別世界感あるっていうこと。僕も感じている。空気の圧とか。それはきのこ森を経て、別の相の世界に来たけど、そんなにすごく大きな違いはない、とはいうもののなんか違和感があることはあって、でも、でもね。元の世界に戻らなきゃいけない、というわけでもなく、これで困るというわけでもなく、

「ま、いっか」

「ま、いっか」

と言いながら、また杜樋線で帰宅することにした。夕暮れる景色が目の前をどんどん過ぎてゆく。これもあれも移り変わり、きのこ目はどうしたか。きのこ俳人たちはどうしているか。何か気になる。あれこれ気になる。なるけど、

「ま、いっか」

「ま、いっか」

「フォッフォッ」

「ん？」

ポエティック・スポット

flâneur 06

今日のメリの言葉。

「なんか公共の場でひっどい差別とか、誰か弱い立場の人に意地悪とか、平気で言った人が、それは駄目、っていろんな人から言われてこれは間違った発言だってはっきりして仕方なく謝るときってさ、『不快に感じた方がおられたらお詫びします』とか言うじゃない」

「うん」

「あれまた憎らしいよね、まるで不愉快に感じた方に駄目の理由があるみたいで」

「うんうん」

「んで、そういうこと言う人って、差別仲間みたいなクズ心の人たちのウケ狙って言ってたりするわけでしょ、だから、謝るんなら『卑しい心の人を喜ばせてしまってすみません』って言えばいいんだよ」

「メリ、正しい」

とは思うけど、実現はしないなあ。この世界なあ。

しばらく沈黙。

「でも」僕やメリがこの世界って思ってる世界って、要するに人間関係の不自由さってことだね、大自然、とかじゃないね。

と言うと、

「そうか、人のいない所かあ」と、ちょっと飛躍しているメリである。

「意地悪のない世界」

「動物界とか？」

「意地悪はないけど、食い合い殺し合いはあるなあ」

楽園はない。ないんだ。

「でも」ましなところを探してみよう。

それで思い出した、「ポエティック・スポット」

「なに？」

「声だけ聞こえるんだって」

「それが？」

「相手は生身の人じゃないから意地悪言ってこない。動物じゃないから食べにこない」

「うんうん」

「そういうところを巡って暮らすんだって」

「暮らすの？」

「好きな時に行ってみるんだって」

「街中とか？」

「街中とか。でも深山幽谷もあるって」

「それ、どこで？」

そこなんだけど、よくわかんないんだなあ。あるとき鞄の中、整理してたらくしゃくしゃの紙が出て来て、と、もう一回鞄にいれていたのを取り出してメリの前で広げてみた。

「ほんと、くしゃくしゃ」
「よく伸ばしてはみたんだ」
と、テーブルの上に『ポエティック・スポット』という目立つ字。ハガキを横にしたくらいの大きさで薄茶色の紙に青い文字が横書きに印刷されている。周りを唐草模様みたいな絵が囲んでいる。
上に二行小さい字で、読むと、
普段に、暮らすにも、ときどきは、耳から、注入、したい。来てください。
街角から深山幽谷まで。聴こえる聴こえる詩の詩の一節一節そのその
ここまでは読めるのだがそこから削れたようになってよくわからない。そしてその下にものすごく大きなゴチック体の字で、
ポエティック・スポット
とあって、あとは唐草模様があるだけだ。
「なんなの」とメリの意見はもっともだけど、僕にもわからない。
まずこのチラシかな、これがどうして鞄に入っていたかわからない。

「『こっそりチラシ入れ』が出たな」

「そんなのいるの？」

「だってこれが証拠」

で、「ポエティック・スポット」はわかるけど、それ、何？　上の二行からなんとか読み取れるのは、どこかの「スポット」に行くと詩が耳から注入される。でいいのかな。読めない所にそこへの行き方が書いてあったのかも。

「探す？」

と、これで今日のテーマが決まった。

でも手がかりがない。この紙片だけ、ということは、やっぱりこの紙から何か。

「ねえねえ」と流し目のメリが珍しい。

「この模様さ、」と記事を囲む唐草模様をさして、

「なんか隠れてないかな」

「ああ、そうだね」

と、合意して虫眼鏡と一点集中型ライトを取ってくると、テーブルに置いた紙片を僕が照らす役、メリが顔下向けて証拠探す探偵みたいに虫眼鏡で見てゆく役。

そうやって二十分くらいかな。

メリが、

「光、斜めにあてて」と言うのでライトを右左に動かすと、

「そこ」と、メリが、それで手を止め、すると、

「ケムリテ」

「ん？」

「ケムリテって読める」

どうも、ある角度から光をあてると、青い唐草模様の一部の色が少し変わって薄い色になる。そこをアルファベットの筆記体と思って読んでみると「kemlite」になる、とメリ。

メリが指でなぞると、確かに色違いで見えるkemliteの続き文字がうにうにの模様の中に埋もれている。読むとしたらケムリテかなあ、ケンライトかなあ。英語にこういう単語あんのかなあ。

いきなり、

「この文字憶えある」とメリが言うので、なになに？

「こんな文字でケムリテっていう看板があった」

場所わかる？　うん、だいたい。

というわけで、メリの記憶に頼って西穂季《にしほき》駅まで来ましたです。いつものとおり、中方線ね。どう行くの？　と言うより早く、メリは駅南口から正面中央の「すずらん通り」に進んだのだった。

「すずらん通り」って日本中にいったいどれだけあんのかなあ、と言うとメリが、

「ここは第百二十四号すずらん通りと認証します」

「え、わかるの？」

「にしておこう」

と強引なメリであった。

右手にいい香りのパン屋、書店、電器店、左手に地域展開系中華料理店、続いて全国展開系ドラッグストア、次が全世界展開系マクドナルドで、じゃあその次は全宇宙展開系かというと、こつっと小さく、なんとか工務店という看板があったけど今日は閉まっていた。

こんなアーケードをメリの後から進み進み、コンビニと美容院の間にある、左側で四つ目の脇道に入るメリ、「ここなのー？」と言いながら続く僕、アーケードの屋根から出て見上げる午後の空はよく晴れている。雲少しゆく。

ついてくるかな雲、と言うとメリは、「ゆうべなんか、大きい雲やってきてふんわり持ち上げられて困った」ってそれ、夢？

じゃ、影もくるかな、ひたひた。ひたひた。ちょっと怖い？　とかそんな話をちまちまと落としつつ、そういえばかなり狭い路地だな、と今更気づき、両側にはもう店らしいのもなくて、と思ったら右手にもう一本細道が出ていてその奥まった所に古い木造の家があって「百想院」という何を売るのかよくわからない、でも毛筆で書いた立派な看板が掲げられていて、何を扱うところなのか、

「『百想』だからイメージ屋さんじゃない？」

「どうやって売るのかな」

そうするうちに「ここ」とメリが言う、左側の、これも両側コンクリート建て十階くらいの住宅に囲まれたまっすぐな細道の十メートルくらい奥まった正面に、道幅いっぱい、三メートルあるかないかの真っ黒な店だかなんだかともかく三階建て見当の建物の入口らしいものがある。

その黒い扉らしいところの上に銀の金属プレートが取り付けてあって、「kemlite」と大きな青銀色の筆記体が少し弧を描いていた。チラシにあった文字と同じ字体と思えた。

「よくこんなとこ知ってたね」

「それが、いつ来たかよくわかんないんだけど」

自転車に乗って一度この道を通ったことがあって、顔を左に向けて一目見ただけだけど忘れられないんだ、とメリは言った。

「前通っただけでこの細いとこには入ったことないし」

でも綺麗な青光りした字がいいね。

「行こう」と二十歩くらい進んで、よく見ると幅三メートルはそこから見えている部分で、本当は幅二十メートル以上あるとわかった。両側の高いマンションの壁が手前で終わって、その奥に黒い三階建てが広がっているからだった。

kemliteの文字の下には大きな扉があるけど。けど。

勇気出して扉の左側、横棒になったドアノブを押し下げて引くと、鍵はかかってなくて、手前に開いてくる。

はっと中が明るくて、都心のブティックの衣類とハンガー掛け全部取り払ったらこんな感じかな、的な広くてコンクリートそのまま灰色の床・壁・天井、で、高い天井に眩しいくらいの白色蛍光燈が何列も何列もあって、正面には半円形の、立って使う高さのレジみたいなテーブルがある。そこまでがとても遠い。テーブルまでの間に何もない。広くて無意味をたくさん収納、の、何するところだろうここ。見たところ誰もいないけど。

「こんにちはぁ」と特別の声でメリが。

ちょっと響くのがなんか本当に何もない感。この空間、少し分けて欲しいなあ、僕の部屋狭くって、とメリに言いたくなったけど緊張感が邪魔している。

「こんにちわぁ」と僕も言う。特別の声で。

また少し響く。待つ。

ではもう一度、と二人で一緒に言おうか、の意味で顔を見合わせたとき、半円テーブルの奥にある扉（これも灰色）がゆっくり開いて、ちょっとどきどきする僕たちの前に、たらっと黒い長い衣服のものすごく背の高い女性があらわれてテーブルごしに近づいてきた。年齢がわからない。背が高いけど細い。髪の形が、なんだかどうなっているのか、くりくりっと結って持ち上げて、両脇にジグザグの白い線が三筋くらい入って、そうだなあ、あれ、『フランケンシュタインの花嫁』という映画に出て来る人造人間の花嫁みたいな？

この人、百九十センチはあるよね、細くて長くて、あれ、誰だっけ、針金みたいな細い人体を造る彫刻家、って考えていると、

「ようこそ、飛んで火に入るお二人さん」と部屋中によく通る声で言ってその人は笑った。

「えー、その挨拶はないんじゃないのぉーっ」てメリが言うと、

「褒めてますよ」

「嘘だ」

「ともかく歓迎します」

「あの」とここで僕が。

「チラシ見てきたんですけど、ここ、何？」

するとこ、人造人間風のその人は、

「アルバイト募集中なので助かります」

「え、アルバイトなの？」

「ケムリテは言葉で世界を埋め尽くすことを目的にした国際文化交流組織です」

えー全世界展開系かあ。

「ここはその日本第五支部」

おおー、とメリも僕も。

「できるだけヴァリエーション豊富な言葉を各地に撒くことが当面の目標です」

「アルバイトってどんなことすんの？」とメリ。

「アンソロジストになってください。選ぶ役です」

「何を選ぶの？」

「手始めに詩でゆくことになりました」

「どうやって?」

「この街に何箇所か資料室が用意してあります。そこへ行って、司書に選択範囲を尋ねて、そこから気に入った詩歌を選んでください。一箇所で一作品。選ばれた詩はプロの朗読者が録音して、各『スポット』で聴けるように手配します」

と、その人は僕たちの頭の上の方から「スポット」について語った。

世界中、そして日本全国、至る所にポエティック・スポットが準備されつつある。それは街中でも村でも海辺でも深山幽谷でもだ。ただし聴くには特定アプリケーションをインストールした携帯端末が必要で、無料配布されるP-Sアプリを入れたスマートフォンがあればスポットに到達するたび、詩歌の一節を聴くことができる。

街中で、山の中で、ふと、印象的な言葉の切れ端が耳に届く、ただそれだけだ。

「プラットル・プロジェクトと呼んでいます」

朗読されるテクストの選択には、文学の専門家も加わっているが、三十パーセントは一般人によって決められるものとしている。それで常時、選択者を募っている。

ケムリテはとある文学に理解のある富豪が自身の資産を使って始めた組織なので経費は潤沢にある。ので、

「一スポットの選択につき一万円を謝礼として差し上げます」

「あなたたちは二人なので五千円ずつでよいですか」

「このアルバイトは同じ人が二度はできません。一度だけです」

「一般公募すると希望者が殺到するので、あまり目立たないように募集しています」

「どこでもらったかよくわからないチラシからケムリテという名を見つけ出してここへ来ることの出来た人だけがこのアルバイトを勤める資格を得ます」

「おめでとう、お二人。お引き受けなさいますか?」

そこで僕たちは同時に「はいっ」

「資料室では選択完了ごとに銀色のメダルをわたされます。それが三個たまったらここへ戻ってきてください。ひとつにつき一万円お支払いします。四個以上は無効です。期限は今から三日以内」

「その資料室って?」とメリ。

「専門が違うので個別にしてあります。なるべくあまり離れていない場所を用意していますが、ここからだと中方線沿線にいくつかですね。最初のところで選択終了後に次を指定されますからそれに従ってください。もし辿りつけなければそこまでで終わりです」

「ではまず最初の資料室に行ってください。すぐそこの『百想院』です」

「なあんだー、あそこ、そういうところかあ」

「そういうところです。ではよいお仕事を」

そう言うと、背の高い人は再び奥の扉の向こうへ去った。

「本当に一万円貰えるのかなあ」と僕。

「ダメもとでもやってみるかあ」とメリ。

広い灰色室内から出てみると外の光が自然らしい。とても人工の世界だったな、そう言えばポエティック・スポットっていうのものすごく人工的で。

「そういうの、なんとか言ったよね」

「人工的で、でも第二の自然とも言えて、あ、それとユビキタスっぽくて」

と言っているうちに百想院、目の前です。今度はこっちの細路地進む進む、さっきほどの距離なくて曲がって十歩くらい。

ケムリテ日本第五支部とは違ってもう何十年前からあるのかな、の、古くて木の乾いた色合い素敵な、文人的？

ここの入口は引き戸だった。ぐいっと右へ引くとあんまり抵抗なくするりと滑った。見かけの古さよりはずっと手入れいいよ。

「ごめんくださーい」と二人で。今回はもう気後れしない。仕事しに来ましたの僕たちだ。外と同じく中も和風で、玄関から上がった向こうに客間らしい部屋が見えている。

「はい、こちらへ」

と奥から、五十歳くらいかな、和服の上品そうな女性が出て来て、その和服が帯も含めて全部緑色だった。そこに金糸の模様が豪華である。

緑衣婦人に広い客間へ案内された。

四方を大きな書棚が囲んでいて、書物たくさん文化文化している。なんかのいい香りが漂っている。

中央に大きな低い机があって、これ、座卓ね、ここで書見というわけですか。座布団が二つ並び、そこにメリと二人で正座した。

「どうぞ」と、緑衣婦人からお茶とお菓子を出されてお客さんの気分で、もう一度周りを見ると、『萩原朔太郎全集』も『北原白秋全集』も『宮沢賢治全集』も『中原中也全集』もどどどどーんと全部揃っていて、でもそれより『日本古典文学大系』『新日本古典文学大系』というのが合計二百巻以上並んでいるのが、

「すんばらしいねー」

「ねー」

と文化の香り。でもこのままだともうじき足、痺れるな。文化って大変。

「ここでは古典の詩歌から決めていただきましょう」

と緑衣婦人。

「『万葉集』とか『古今和歌集』ですか」と僕。

「ご自由に」

「じゃ、もう少し後の時代の、ちょっと俗な感じの歌とかで」とメリ。

「では『閑吟集』いかがでしょう」

と婦人は立って、背後に並ぶ『新日本古典文学大系』の中の一冊を取って、座卓ごしに手渡してくれた。第五十六巻、薄青い箱に濃い青の模様がゆらっと入って、本体は緑色で、

『梁塵秘抄』『閑吟集』『狂言歌謡』の三テキスト収録だった。

二人で見てゆくと『閑吟集』いいですね。

そこでまず候補としてこんなのを選んだ。短めの歌中心。

上林《うへのはやし》に鳥《とり》が棲《す》むやらう　花が散り候《そろ》　いざさらば　鳴子《なるこ》を掛《か》けて　花の鳥追《とりお》はう

何《なに》ともなやなふ　〳〵　うき世は風波《ふうは》の一葉《よう》よ

何《なに》せうぞ　くすんで　一期《いちご》は夢よ　たゞ狂へ

わが恋は　水に燃えたつ蛍《ほたる》〳〵　もの言《い》はで笑止《せうし》の蛍《ほたる》

（「笑止」は「笑うべきこと」の意味もあるけど、ここでは「気の毒なこと」の意味だって）

思ひ出《だ》すとは　忘るゝか　思《おも》ひ出《だ》さずや　忘れねば

人買舟《かひぶね》は沖《おき》を漕《こ》ぐ　とても売《う》らるゝ身を　たゞ静《しづか》に漕《こげ》よ船頭殿《せんどうどの》

又湊《みなと》へ舟が入《いる》やらう　唐艫《からろ》の音《をと》が　ころりからりと

(「唐艫」は中国風の長い柄の艪、これで船を漕ぐです)

名残惜《なごりお》しさに出《い》でて見れば　山中に　笠《かさ》の尖《とが》りばかりが　ほのかに見え候《そろ》

月は山田《やまだ》の上にあり　船《ふね》は明石《あかし》の沖《おき》を漕《こ》ぐ　冴《さ》えよ月　霧には夜舟の迷《まよ》ふに

後影《うしろかげ》を見《み》んとすれば　霧《きり》がなふ　朝《あさ》霧が

あまり言葉《ことば》のかけたさに　あれ見《み》さひなふ　空行雲《そらゆくくも》の速《はや》さよ

(相手に言葉をかけたいけど何もきっかけがないので「雲が速いねえ」と言うしかない、これ、男性の台詞とのことだそうです)

あまり見《み》たさに　そと隠《かく》れて走《はし》て来《き》た　先放《まづはな》さひなう　放《はな》して物を言《い》はさいなふ　そゞろいとうしうて　何とせうぞなふ

(「見たさ」は「逢いたさ」。「そぞろ」はここでは「むやみやたらに」で、「たまらなくいとしい、もうどうしよう」といったところかな)

爰《こゝ》はどこ　石原嵩《いしわらたうげ》の坂《さか》の下《した》　足痛《あしいた》やなふ　駄賃馬《だちんむま》に乗《の》たやなう　殿《との》なふ

どれにしようかなあ、迷うメリと僕であった。

「『閑吟集』は一五一八年に成立しました。中世の小歌集です。酒盛りのさいに歌われたとも言われていますね」と緑衣婦人。

「今の歌謡曲とそんな変わらないのもありますね」と僕。

「何せうぞくすんで、とか有名」とメリ。

まだ迷ってます。

「あまり言葉のかけたさに、っていう歌はなんか切実。ちょっとコミュ障なのがあるあるだし」

「爰はどこ　石原嵩の坂の下、の『駄賃馬』はまあ今ならタクシーみたいな？　足痛いよう、ねえ、車来ないかなー、乗りたいなー、ねえダーリン、とねだる女性って、こういうの、今もありそう」

「人買舟とか、中世だね。人の命軽いね。でもこの諦めた虚しさがちょっといい」

「この人買舟の歌は説経節の『さんせう太夫』にも出てきます」

「ああ人身売買」

「中世だねえ」

とか、考えて、じゃ、これで。

名残惜《なごりお》しさに出《い》でて見れば　山中に　笠《かさ》の尖《とが》りばかりが　ほのかに見え候《そろ》

「好きな人が帰っていくんだけど、別れがたくて、戸の外へ出て見ると、山の中に笠の先の方だけが見える、という名残惜しみ歌にします」

ということで一篇決定。

「ではこれを差し上げます」

と緑衣婦人が卓の脇にある、千代紙を貼った小物入れから銀色のメダルを取り出して手渡してくれた。羽根が二枚交差した図が浮き彫りになっていて綺麗。

「さて、次に行く所ですが、」と緑衣婦人から、

「このメモを差し上げます。ここに行き方が書いてあります」

と畳んだ白い上質紙を手渡された。

「でも、今度は行き着くのがちょっと難しくて、けっこう時間がかかるでしょうから、本日中だと夜遅くまでかかります。行けないかも知れません。明日、改めておいでなさい」

「はーい」

こうして百想院を出て、明日にそなえたのだった。なんか冒険の日になるのかな。

つづく。

flâneur 07

塔と空と柔毛

「やっぱ、あれかなあ」とメリが言うのだった。

笑窪《えくぼ》が谷《や》駅の北側から数キロのところには周囲の建物から抜け出たような高い時計塔がある。古い三階建ての洋館の屋上から十階建てに届くくらいの高さの黒っぽい塔が出ていて、駅のホームから錆びた青銅の三角屋根の下に大きな時計の丸い文字盤が見える。白地に黒のローマ数字で一から十二、時間がくると、ぐわわーんと音をたてる。

周りは高くても四階のアパートばかりなのでとても目立つ。

このあたりの人はみな知っている。でも、

「上に登ったという人がいないいって」

「あそこ誰がいるの、って」

「人住んでるの？」

とこういう感じ、

「まぁーた乱歩入って来たよ」

「『幽霊塔』」

「そっそ」

「というか涙香かな」

「アリス・ウィリアムスンの『灰色の女』かな」（どれも『幽霊塔』の原作でーす）

「どれでもいいーす。冒険だ」

と僕たちは、昨日、緑衣婦人からもらった案内とも言えないメモを手に、笑窪が谷駅北口に出た。

「ここからも見えるねー」

「行けるのかなー」

「かなー」

「かなー」

メモにはこんなことが書いてあった。

笑みある谷に行きなさい。
いぬいに向けばほの白く、かつまた黒い一棟あり。
銀の一枚を用いて入りなさい。
深く下り、うしとらに向かいゆけば
いつしか時計ある塔に達するでしょう。
六道の辻に迷わないように。

中方線の駅で「笑みある谷」と言えそうなのは笑窪が谷だけだからすぐわかったし、「時計ある塔」があるのもここでほぼ確定。で、塔の見える駅の北口から出てみて、「いぬい」は乾で北西の方角だからそちらを向いて見るが「ほの白く、かつまた黒い一棟」って何?

「あれじゃない？」とメリが指さす先に、ちょうど左半分が白く、右半分が黒い五階くらいの高さの窓のない建物が見えていて、そこは商店街を外れて民家の間だったからより目立った。

「他に考えられない」

まず駅前の店で軽い昼食を摂ってから、向かい始めると、でも、そこへ行くまでの路地が曲がりくねっていて、ところどころ袋小路に入っては戻り、近くに見えていたのに二十分もかかってようやく到着、改めてみれば白と黒の真っ二つに分かれたこれは何？　全く白と黒の壁だけの大きな直方体だ。右側が黒、左側が白。

白黒のちょうど分かれる所にひとつだけ扉があってそれも半分ずつ白黒に塗り分けられている。ただし正面の壁とは逆で右が白、左が黒。で、把手も何もなくて、確かに扉らしいがどうしたら入れるかわからない。

それに向かって立つと人の顔より少し低い高さのところに郵便ボックスみたいな箱があってこれも左右色違いで、ここだけ壁と同じ、左・白、右・黒。

そしてその中心に細い縦の穴があって、

「ここに銀のメダルを入れるってことかなあ」

「銀の一枚を用いて、だからねえー」

「せっかく手に入れたのになあ」

「入場料一万円かあ」

と惜しみながら銀メダル一枚を縦にして入れてみると、がちっ、という音とともに声が聞こえて、

「鍵開けました。お入りください」

抑揚の乏しい、機械の合成音のようだった。

自動でドアが左右に開いてきた。メダル入れボックスは鉄のポールに支えられ中央に固定されて立っている。

そこで、覗きこむと、なんと室内も半分黒と白で、真ん中に立つ人が顔と衣服半分ずつ白黒で。

ということはなくて、中はケムリテの第五支部とよく似た灰色コンクリート剝《む》き出しで、違うのは壁に沿って沢山の書棚が並んでいることで、本が一杯だ。天井からの照明は第五支部ほどではないけど明るい。

人はいない。さっきの声はやっぱり機械のだね。

二人、入れば後ろで扉が閉まって、がしっという音は鍵かかった？　出られないってことないよね。

心決めて奥へ進むことにした。コンクリート床に真っ直ぐの通路と、両側は櫛の歯のように並ぶ書棚たち。そこになんとなく新築のビルの中、的な無機的香りがした。

「なんだろう。本あるし、ここが資料室？」

「でもこの先があるって書いてあったし」

突き当たりに階段があった。二階へ上がるのと地下へ降りるの。

「深く下り、だ」と僕が、そこで階段を降りるのだけど、確かに深い。

ようやく行き着いたところから出ると地下室ではなくて、丸いオレンジ燈がところどころほつほつと続く、窓のない、茶色いタイルの壁の、地下道が始まっていた。床は暗灰色。真っ直ぐで、先の方が暗くてどうなっているのかよくわからない。

「いよいよ冒険だ」

と歩き始めたけど、いくら進んでも暗灰色の床と茶色の壁天井にオレンジ色の照明で薄暗い。そのままだ。埃臭い。

「でも『うしとら』の方に行かないとならないんでしょ」

艮《うしとら》は北東のこと。駅の北に時計塔があって、この白黒ビルは駅の北西、斜め九十度くらいのところに時計塔が見えた、そして今の階段と出口の方向からすると、

「この地下道は真北に向かってる」

「うんうん」

「どっかで右に曲がらないといけないんじゃないかな」

「でも曲がり道がないとこのままだね」

「一本道だとどうしようもないね」

このままだと行き過ぎて塔には辿り着かないのでは、そろそろためらいながら進み続けていると、あった、右手に分かれ道。でも随分細い。

「けど行くよ」

と右脇直角の方向へ進むのだ。照明はさっきの広い通路より間遠で薄暗いが、足元は見える。僕たち二人並んでちょうど通れる幅だ。どんどん行こうと思ったけど。

けど。

「なんだこれは」

カーブしていた。道がゆるく丸く、進行方向の右側に曲がっている。

「これじゃ北東に行けない」

「南に戻ってる？」

という狼狽《うろた》えがわんわん始まったけど、でもどこかでまた岐路があるんじゃないかな。ないかな。あ、

「また階段だ」

下へ向かう。もう全然時計塔に行けないぞ。冒険ってつらい。

ここまで来たのだから降りてみようね、進むだけだ、と、変わらず狼狽えながら決めてゆくと、お、やっと別の通路があった。

そこからはまた最初の通りのような広い通路の横脇のところに出た。きっとさっきの細道はここに入るためのものだったのだ。だろう。だといいな。と狼狽えは続くのだった。

そこは、近年新規に造られたらしいこれまでと違って、どうも古い地下商店街だ。だけ

ど人はいなくて、両側の店らしいところはどれもシャッターが下りている。いくつかはシャッターも半ば開いていて、なんか売ってたらしい、商品もよくわからない暗い店内がのぞいていて、埃臭いと言うより黴臭い。陰気です。

「ゴースト商店街」

「廃墟めぐり」

「あのー」

「あのーわたしたち、肝試しに来たんじゃないんですけどー」

「これじゃ、面白半分で霊の出る所へ来てさんざん酷い目に遇《あ》う頭悪い若者じゃないかー」

「そんなことしに来たんじゃないんだよー」

と僕たちは思いきり抗議しているが、誰も聞いていない。って、いや、聞いている何かがいたらそれもヤだけど。

仕方なく、こっちが北東だろうと思える方へ進むけど、今度はやたらに分かれ道が多くて、しかも直角の岐路ではなくて三十度くらい右とか六十度くらい左とか、もと商店街じゃなくて臨時に作られたみたいな細道もあって、もうどうなっているのか全然わからなくなった。

「これか、六道の辻って」

「迷うなって言われて迷わなかったら世話ないよぉ」とメリも僕もちょっと不機嫌、なのは今だけで、そのうち、不安になることは予測できた。不安になり怖くなり絶望的に……

「出られるのかなあ、ここ」

「商店街だったんだから、出入り口は残ってるはずじゃない?」というメリの言葉だけが希望となり申す。

廃墟だけど灯りはあるのが救いだねー、とポジティブふり絞りつつ、もう少しうろうろしていると、暗い天井照明とは別の、とても明るい白色燈の光が見えた。

そして誰かいる。幽霊的な感じでない。でないと思いたいです。

小さいATMコーナーみたいなボックスの上の方に明るい照明があって、その下の椅子にでれっと座っている青年がいた。長めの顔、少し無精ひげ、顎の髭は意識して伸ばしてる模様。細い眼で緩んだ表情で、灰色と白の縞のパーカー・青いジーンズで、近づいてゆくと、

「迷ったでしょ」と声をかけられた。

「はい」

「迷いました」

「じゃ、案内するけど」

「お願いしまーす」

本当に行きつけるのかな、でもま、この人に逢ったのはよかった、ともうひと絞り、残り少ないポジティブチューブを捻り絞って、立ち上がって歩き出す青年の後についた。

「ここいったい何ですか?」と後ろからメリが訊いた。

「見ての通り。使われなくなった商店街を通路に利用してる」

「どうして?」

「限られた人しか時計塔に登れないように、だって。ここを買い取って迷路に作り直したのは、外国のある富豪」

「それ、プラットル・プロジェクトを続けさせてる人ですか?」

「そうじゃないかな。俺、ただのアルバイトだから詳しいことは知らないけど」

「人選ぶだけなのにどうしてこんな大規模なことするんですか?」

「それは知らないけど、面白いからじゃない? 街に地下秘密迷路なんて」

「乱歩ですね」

「そだね。本当に先がわからないから遊園地よりはちょっとマジんなって、スリルあるし、いいと思うけどな。俺はこれで金もらってるから文句なしだし」

「でもそんなに人来るの?」

「二日に一人くらいかな」

「それなのにあそこでずっと待ってるんですか?」まさかー。

「普段はいないよ。君たち、白黒ビルでメダル入れたでしょ」

「はい」

「そうすっとね、俺のスマホに、ピン、っていう合図がはいるわけ」

「はい」

「で、それからだいたい一時間以内に来てさっきの詰所で待機してると、上がって降りて通路通って、んで道迷って困ってる人が来る。あの建物から通路で約一時間。人によっては二時間」

「でもここ、迷路でしょ、皆あそこ通るとは限らないんでは」

「それがね、どこをどう巡っても必ず一度はあの地点を通るよう、通路が改造されてる。ほんと、金持ちのやることはわかんないね」

「ふーん」

「ふーん」ちょっと感心だ。

「で、俺は案内して、それが一回一万円と、待機料が一万円で仕事終わり」

「ふーん」

「ふーん」

と言う間には、いくつも曲り、曲り、もう後からは思い出せないような道筋で廃商店街の間を進んだ。

「着いた。ここ」と青年が示すのは、壊れたようなシャッター半下りの、中が暗い店。

「ここ入るんですかー?」

「うん。ここからはまっすぐ進むだけで迷わない。奥の方にエレベーターがあるから、それで上がれば塔の上だ。じゃ」

と言って、青年は来た方向と反対の方へ去った。

「なんかこんな冒険とは思わなかったね」

「ね」

と言い合いながら、下りかけの汚れた灰色シャッターの下をくぐって、するとどうもなんかの民芸品らしいものが陳列された、民芸店かなあ、ちょっとお香の匂いなんかも感じる。でも照明が届かなくて暗いからよくわからない。ところどころ人の半分くらいの影が立っていて、それも大きなオブジェか何かか、もっと進むともっと見えなくて、でも奥へ奥へ。すごく奥へ。まだ奥へ。

「明かり見えてきた」

「きたー」

暗い長い店内を抜けてようやく辿り着いたのは狭い何もない二畳くらいの部屋で、照明と白い壁と灰色の床だけで、そして正面の壁には両開きの扉。

「これ」

エレベーターの入口だ。よし、と右側の↑マークを押したぞ。ぐいーん、と唸る音だぞ。扉開いたぞ。

中は落ち着いた焦げ茶色の室内で、十人くらい乗れそうな広い箱だった。

ほっとしつつ少し無口に二人で乗り込み、ここは階数表示がB1・1・2・3とあってその上には✦マークがある。✦を押して、ぐいーん始まり相当高く昇っているらしくて、

かなりかかって身体重み再発見の後、遂に扉は開いて、

「ようこそ」

と奥の方から深みのある男性の声、見回すと、床は木だがよく磨かれて油の沁みた、なんかの機械室みたいな、でも広い部屋だった。

「おじゃましまーす」

エレベーターを出てすぐのところ、

「これ、これ」とメリが指さすいくつもの大きな歯車が、やっぱりここは時計塔だと示している。少しずつ動いている。

正面奥には大きな丸い白い所があって、きっとあれが時計の文字盤の裏側なのだ。あちこちたくさんの機械があってその合間をしっかり埋めるようにして設えられた書棚、オレンジ色の照明に照らされてほぼ隙間なく並ぶ書物、歯車はあるけどここには窓もなくて、でも資料室「時計塔」なのは確かかと思えた。

文字盤裏を背に、正面には、大きな机とその向こうに座る、歳とった男性だ。焦げ茶色の上着、赤褐色のネクタイ、痩せてこけた頬、M字形に広い額とオールバック、知的な目、高い鼻、アングロサクソン的容貌で、どこかの科学者みたいで、あ、でもちょっとマッドサイエンティスト入ってるかな、と思ってしまったのは、ずっと昔のホラー映画で見た、フランケンシュタイン博士とか吸血鬼退治のヴァン・ヘルシング教授とか、ずっと後に『スター・ウォーズ』のモフ・ターキン総督やってた渋い人、はい思い出した、ピータ

ー・カッシング。似てる。

「プラットル・プロジェクトで来ました」

「どうぞ、お座りください」と博士。

テーブルの前に椅子がひとつ、なので、博士が動いて脇からもうひとつ持ってきて並べてくれた。背もたれのところにすごく細かい装飾のある立派な木の椅子ふたつだけど、デザインが少しずつ違う。

「ありがとうございます」

二人で並んで座ると、

「お疲れでしょう。少しお休みください」と、既に用意してあったコーヒーとチョコレートを運んでくれた。

「ありがとうございまーす」と心こめてもう一度御礼。

しばらくしてもとの位置に戻って、向かい合う博士が、

「ここでは主に昔の翻訳詩から選んでもらいます。ご希望はありますか」

テーブル、ではなくて、デスクだな、さっきまで博士は何かの書き物をしていたようで、デスクトップPCの裏側が見える向こうにキーボードがあって、卓上燈があって、両脇には沢山の本が積んであった。

翻訳かあ。翻訳というからだいたい明治以来、の言葉の蓄積の圧倒よ。

と見まわしていた時、ちょうど時間が来たのだ、あたりの歯車群が一斉にわくわく動き

出したかと思うと、じぼ・あん・じゃーん、じぼ・あん・じゃーん、と大時計が時を告げる大音響が、二つだから今、午後二時、ということだ。すごい古めかしい感じの音にびっくりだよ。

　このシチュエーションに反応したメリが、

「なんか、幽霊塔、って感じの、お願いします」とこれまでの乱歩体験を加えつつ訴え。

「では日夏耿之介のポオなんてどうでしょう」

「あ、ポオ。エドガー・アラン・ポーじゃなくて、エドガア・アラン・ポオ、ですね」と僕。

「そうです」

と、博士は立って後ろの書棚に並ぶ中から黒い背の、とびきり大きな箱入りの本を持って来た。

『日夏耿之介全集』その第二巻「譯詩・翻譯」

「ものすご大きいですね」よく見る四六判の二倍くらい。

「どうぞ」と手渡されて、重い。

　箱を横にして、下に降りて来る本体を「どれどれ」とメリが受け取って、はいグラシン紙包みの、本体は黄色い布装だった。背の字は黒。枠も黒。デスクに置いて開こうとするとまたこれが大きさ再確認で百科事典みたいだ。

　目次を見ると「英國神祕詩鈔」「海表集」とある次に「ポオ詩集」。その後には「マンフレッド」とか「ワイルド全詩」とかが続く。二段組みになっていて下段には「サロメ」の題名もある。
「ポオ詩集」のところを開くと、「凡例」という説明のあと「陪蓮《ヘレン》に餽《おく》るうた」という詩から始まっていて、「ヘレン」の漢字宛てが、なんだかこれでいいの？「餽」って見たことない漢字。とても「贈」と同じ意味には思えない、鬼ついてるし、とかとかメリと言い合って、で、本文もこんな調子。

たをやかに陪蓮《ヘレン》のきみは
古き代の尼夏《ニケ》の小舸《をぶね》にさも似たり。

と始まる、ああ、これよ、いにしへの言葉繁りてよ、と言ってみたり。
でも、「うーん」とメリ。

あ、それから、これ、有名なやつ。「大鴉」

むかし荒涼《くわうりやう》たる夜半《よは》なりけり　いたづき羸《みつ》れ默坐《もくざ》しつも
忘却《ばうきやく》の古學《こがく》の蠹巻《ふみ》の奇古《きこ》なるを繁《しじ》に披《ひら》きて
黄奶《くわうねい》のおろねぶりしつ交睫《まどろ》めば　忽然《こちねん》と叩叩《こうこう》の欵門《おとなひ》あり。

「うへー」

「これ、字の意味調べるだけで一日かかりますね」

「実はポーの詩は日夏訳より原文の方がわかり易いのです」と博士。

「そりゃちょっとお」

「じゃ現代語の訳で」と僕。

「でもー、こういう感じだと現代語でもなんとなくどんなかわかる。それもいいんだけどー、今求めてる感じじゃないんですう」とメリ。

「どうしましょうか?」と博士。

「もっとわかり易くて、ちょっと不思議、という詩はありませんか」とメリ。

「では堀口大學訳のシュペルヴィエルをお勧めします」

と、また博士は立って、今度は左側の書棚から、『シュペルヴィエル抄　堀口大學訳』という本を取り出した。表紙にはうっすらペガサスが半身を乗り出して球体のようなものに前足をかけている、これは重く黒い日夏さんの逆で、軽くてパステルカラーで優美、の一冊だった。

詩人のジュール・シュペルヴィエルの詩と散文を収録、と、手渡されてメリと、どれがいいかなっ、と見ると、こっちは現代語で、難しい語がなくて、もうなんか、水から上がってようやく息ができた気分であります。

それで時間をかけて読んで、二つ、候補を選んだ。

動作

ひょいと後《うしろ》を向いたあの馬は
かつてまだ誰も見た事のないものを見た
次いで彼はユーカリプスの木蔭で
また牧草《くさ》を食い続けた。

馬がその時見たものは
人間でも樹木でもなかった
それはまた牝馬《ひんば》でもなかった、
といってまた、木の葉を動かしていた
風の形見でもなかった。

それは彼より二万世紀も以前
丁度この時刻に、他の或る馬が
急に後《うしろ》を向いた時

見たそのものだった。

それは、地球が、腕もとれ、脚もとれ、首もとれてしまった
彫像の遺骸となり果てる時まで経っても
人間も、馬も、魚も、鳥も、虫も、誰も、
二度とふたたび見ることの出来ないものだった。

知られぬ海

誰も見ていない時
海はもう海でなく
誰も見ていない時の
僕らと同じものになる。
別な魚が住み
別な波が立つ。
それは海のための海、
今僕がしているように

夢見る人の海になる。


「いい。いい」

「いい。いい」

「どっちにしますか?」

「迷う」

「迷う」

「迷う」

「迷う」

と何分間か後、メリが、

「『知られぬ海』にします。これはわたしの心みたいなので。いい? ジュン」

「いいよ」

心残りはあるけれど、どちらも、シュペルヴィエルという詩人のなんなのかなあ、心の真実みたいなのはどちらでもだけど。『動作』の不可知な感じもいいけど。でもどっちも説明なんかいらない、するっとわかる詩だなあ、いいなあ、夢見る人の海なあ、とぼんやり、ここでは誰も見ていないのではないけど。

「別な魚」

「別な波」

「では『知られぬ海』で」

「はい」「はい」

博士が脇の引き出しをあけて、中からメダルを差し出してくれたので受け取って、

「さて、次ですが、ここからはご希望があればお聞きします」

メリが、

「ええっとです。これまで最近の詩がなかったので、それで、できたら女性の詩で」

「わかりました。現代の女性の詩、ということでいいですか」

「はい」

「少しお待ちください」と博士は、左脇にある小さいテーブルの前の簡素な椅子に移って、テーブル上の古いラジオのような機械のスイッチを入れると、そこについているマイクに向かい、

「こちらファントマ。プロテア、どうぞ」

機械から声が、

「こちらプロテア、どうぞ」と、それは女性らしい。

「時計塔に来てください。どうぞ」

「了解。今から向かいます」

ファントマと名乗った博士は席に戻って、

「もうじき、迎えが来ます」

それから少し、ファントマ博士がまた新たに淹れてくれたコーヒーにミルク多めに加えて少しずつ口にしながら待っていると、さっきの機械から、

「こちらプロテア。到着しました。どうぞ」

「了解」

それで、背後のエレベーターからプロテアという人が昇って来るのかと思っていたら、博士が今度は正面横の機械についた大きなレバーを右から左へ倒した。

するとなんとしたことでしょう、ぎごごごという音とともに、左側の書棚のある壁全体がゆっくりと横へ動き、そこに大きな窓が開いたではありませんか。外には青い空が見え、雲白く、そして、おお、塔の脇に白い葉巻形のお化けみたいに巨大な風船が見えております。

そうです、飛行船です。プロテアと名乗った女性は、驚くべきことに、この白い飛行船に乗って、時計塔の側面にある出入り口までやってきたのでした。

飛行船は少し高度を上げ、船の下の四角いゴンドラの一部が開いたかと思うと、そこから幅の広い板が伸びてきます。板は時計塔の窓にかかり、これを橋として飛行船に乗りこめということなのでしょう。

メリと僕はその橋の高さに眩暈《めまい》しかけましたが、えい、このくらいっ、と、勇気ふり絞って渡り切り、そしてゴンドラ内に乗り込んだのでした。

「ではまたいつか逢いましょう」と手を振るファントマ博士に別れを告げ、ゴンドラの扉が閉じると、さあ、これからは空の旅が始まるのであります。

というわけで、飛行船はゆっくり動いて塔を離れ、晴れた空の下、いくつも開いた小窓から街を遥か眼下に眺めながら、メリと僕は、これはー、メダル支払っても体験したいくらいだね、と地下の鬱屈を空で振り払う気分。

「ようこそー」と、迎えてくれた、この女性がプロテアなのだね、きっと、まあなんというますか、一言で言うならキャットウーマン。

全身黒のぴったりした衣服で、キャットウーマンと違うのは顔に白い面。つるりとした陶器製のようで眼のところだけ穴があり。仮面の周りに広がるカールした黒髪。

仮面の女賊かあー、乱歩続いてるなあ、ルパンの世界にもありそうだなー、とメリと感嘆していると、

「はい、わたしがプロテア」と自己紹介があって、

「あ、わたしメリです」

「ぼくジュンです」

とこういうやりとりはなんと今が初めてだ。

「これはわたしの希望でオーダーされたメルヴェイユ号です。主に上下移動が正確にできるよう設計されています。そこが操縦室」と指さすところに白い壁、白い扉、操縦室はそ

の向こう側の部屋らしい。船体も艦内も、ソファもテーブルも、ここでもたくさんの詩書を蓄えた書棚もどこもすべて真っ白だった。

「あのう、一人ですか」と僕。

「いいえ、今操縦室に助手のリリーがいます」

そちら向いて「ちょっと出ておいで」

すると扉が開いて、十五歳前後の細い少女が現れた。やっぱりプロテアと同じような黒い服を着ているが、仮面はなし。眼が大きい。髪がまっすぐで長い。

「リリーです」と身体に似合わず低くて重い感じの声。

「メリでーす」

「ジュンでーす」

とあって、

「あの」

とメリが、

「今、操縦しなくていいんでしょうか」

「自動操縦中です」とリリー。

「でも高い建物なんかにぶつかるとか」

「高度上げているのでまず大丈夫。当機は高層ビルより高く航空機のコースよりは低い位置をとっています。それからセンサーがついてて、百メートル四方に何かあれば自動的に方向を変えます。浮遊のためにヘリウムを使っていて水素はないので、もし事故があっても燃えません。それから速度が遅いので間違って何かにぶつかってもあんまり大事故にはなりません」

「おお」

「おお」

安心でゆっくり、空の浮遊、空のフラヌールだ。

リリーは機械と航空工学と気象学に詳しくて、話し出すと止まらなかった。飛行船の構造についてすごく話した後、リリーは操縦室に戻った。

「飛行船大好きっ子で幸せですね」

「おかげさまで」

「あのー、」とメリがまた、おずおず尋ねるのだった。

「プロテアって、あの、昔の映画の……」

「そうそう。全身黒タイツの女賊です。わたしはタイツはちょっとちょっとなので合成ゴム繊維主体の作業用ですけどね」

「ファントマも……」

「ええ。神出鬼没の怪人。それからもう一人、ジゴマっていう仲間もいます」

どれも戦前のフランスの活劇映画の怪人たち。

「エル、ってわたしたち呼んでますが、スポンサーのエルにスカウトされたわけなんだけど、わたしたち三人はミステリーファン仲間で、それぞれ、駄目もとで昔の映画風の遊びを提案したら意外にOKが出て、で、こういう感じです」

「それまでなにやっておられたの?」とメリ。

「わたしはねー、しばらくちょっとしたアイドル・モデル的なことやってたんです。でも、そういう業界ってヤなことも多くて。昔からヤなことあるといつも、あーあ、あの空を駆け巡りたい、って思ってたんだけど、パイロットの資格もないしそんな素質もないし、というわけで、うまいことこの仕事に就《つ》いて風船乗りやってるわけです」

と、脇の壁にある書棚の上に掛けられた額入りの詩文をさした。

風船乗りの夢　萩原朔太郎

夏草のしげる叢《くさむら》から
ふはりふはりと天上さして昇りゆく風船よ
籠には舊曆の曆をのせ
はるか地球の子午線《しごせん》を越えて吹かれ行かうよ。
ばうばうとした虚無の中を
雲はさびしげにながれて行き
草地も見えず　記憶の時計もぜんまいがとまつてしまつた。

どこをめあてに翔《か》けるのだらう！
さうして酒瓶の底は空しくなり
酔ひどれの見る美麗な幻覺《まぼろし》も消えてしまつた。
しだいに下界の陸地をはなれ
愁ひや雲やに吹きながされて
知覺もおよばぬ眞空圏内へまぎれ行かうよ。
この瓦斯體《ガスたい》もてふくらんだ氣球のやうに
ふしぎにさびしい宇宙のはてを
友だちもなく　ふはりふはりと昇つて行かうよ。

あぁー感じー、そういうのー、すっごくいいっすね、とメリうっとりの感銘である。

プロテアはまた言った。

「それと、この仮面は、わたし、以前、事故で顔に酷い傷を負ったので」

と、いきなり、どう返してよいのか。オペラ座の怪人の線も来た。フランス・ミステリー全開か。

「と、いうのは嘘で、前の仕事してたときにけっこう顔知られてたので、まあ、余計なことは知られないようにしようっていう理由です。てへ」

ほっ。

謎の女賊にしてはなんでもあけすけに教えてくれるプロテアだった。

「ここは現代詩専門資料室を兼ねていますが、普段の仕事としては、各資料室から注文があると、モノストラクトね、あなたがたも知ってるでしょう、あの白黒の建物から本を取ってきて運搬することが主です。第五地区一帯の資料倉庫ね、あれ。あそこは地上からはフェザーメダルがないと入れないけど、屋上からは簡単に入れるんで」

「さっき塔にいたファントマなんて、もとは大学で英文学教えてた教授で、けっこう有名だったんだけど、最近はもう教授っていっても、予算請求のための事務仕事と学生管理ばっかりで、研究にも学問的指導にも時間が使えないからって飽き飽きしてたみたい。今は毎日あの塔の上でゆっくり論文書いてます」

「ジゴマは本物のミステリー作家。きっと名前言えば知ってると思いますが秘密ね。今も執筆は続けてる。でも、ジゴマやって安定収入が入るようになったら、もう身過ぎのためのつまんない雑文も時流に合わせたぬるいミステリー風読み物も書かなくていられるようになったので、大喜びでガチ本格大長篇ミステリーを何年もかけて書いています。こんなだから、わたしたちみな、エル万歳ってわけ」

だいたいわかってきたのは、エルという大富豪は世界に贅沢な遊びを提供しようとしているということ。

「当メルヴェイユ号では現代詩から決めてもらいましょう」とプロテア。

「特に女性詩人でいきたいんです」とメリ。

「うん」と僕。
さてそうして、ときどき窓の外の景色に見とれつつ、長い時間かけて、メリと選んだ詩が次でうーす。

約束　　最果タヒ

わたしの、
女の子だった部分はぜんぶ、風船だった、
手を離したら飛んでいった、
空が青いことに見惚れたら、見失った、
でも空もまた、真実だった、
空に吸い込まれて、
わたしの女の子は真実となって、
わたしの手の届かないところへ。
きみが触れられるのは、わたしだけだよ、
あれは神さまの領域。
愛しても、
きみはわたしを手に入れられない、
あれは神さまの領域。

これ、萩原朔太郎の「風船乗りの夢」にちょっとだけ影響されて選びました。

その後も長らく二人ぼんやりしていると、プロテアが、メダルをくれて、

「フェザーメダルは今、いくつ？」それ、銀のメダルのことですね。

「これで二つ」

「だったら、あと一つ獲得できますが、次、どこか行きますか」

「そうだなあ」

「ではどう、心休めに、もふり堂に行きますか」

「もふり？」

「もふり堂」

「どういう所？」

「まあ行ってみましょうか。きっと気に入りますよ」

そこで操縦室に入って指示するプロテア、メルヴェイユ号は向きを変え、東田茂《ひがしたも》駅方面に進むと、一見特徴のない、六階建てのマンションの屋上の上に停止し、高度を下げていった。

乗客室の脇のドアが開き、そこから縄梯子が降り、これを伝って十メートルくらい下の屋上に降りるよう、プロテアがいうので、レンジャー部隊みたいにメリ、そして僕は、こわごわ、どきどき、手を絶対離さない、うわっ、高い、ちょっと風あるよ、あ、揺れないで揺らさないで、まだまだある、高い、降りる、降りる、手を離さない、揺れる、降りる、

手を離さない、あ、もう少しだ、でも吉田兼好が言ってたな、もうこれでいいと安心したときが危ないって、気を引き締めて、降りて、縄梯子最後の端の所から、メリが思いきって飛び降り、続いて僕も飛び降り、幸い、屋上から二メートルくらいだったので、メリはしゅたっと着地、僕はよろっと着地。

上の方からプロテアが、

「一階に降りて『もふり堂』をお訪ねなさい。ではわたしはこれで」

手を振って、さようなら、メリとジュン。

手を振って、さようなら、プロテア、リリー。

屋上からは形ばかりの鉄柵を乗り越えて非常用階段を使って下へ降りることができた。

すると一階が「もふり堂」。看板には、思った通り、

「これだよね」

「これだよね」

今から百年後にも「もふる」という動詞は生きているだろうか。もともと「もふもふ」という擬態語から発生して、その「もふもふ」に触れ、撫でさする、という意味の「もふる」ができた。歴史は浅い。でも今、ネット上のある種の写真には多用されている。

「もふり」は「もふる」の連用形で、つまり、今まさにもふっているというのである。

「もふり堂」はそういうことを可能にする所、とメリ、僕は解釈していた。

そして看板には思った通り。

「お願いしまーす」と扉を開けると、いるいる、猫、うさぎ。

猫部屋とうさぎ部屋とに分かれていて、それぞれ、ここはふかふかもふもふした動物たちのいる所、撫でてもいい所だ。そのはずだ。

三毛も黒も茶も白も、立ち耳も垂れ耳も、あちこちでくるくる動いている。

「はい。こんにちは」

と若い女性と男性で二人、ここのルールを説明する。あれとこれはしては駄目、わかりましたね、の後、

「それから」と二人の内の一人、

「わたしたちの容姿については人には話さないでください」

「ポエティック・スポットの関係者と知られない方がよいという指令が出ているので」

「はい秘密にします」

「では、ご自由にもふってください」

「もふりまーす」

僕たちは近くにいる猫やうさぎを、心ゆくまでもふりましたのです。慣れていて、逃げないのでした。

今日は最高だね、とメリと蕩《とろ》けながら、さて、ここでも撰を行い候《そうろう》ぞ。

主に近代の定型詩から、というオーダーであり申す。

さらばかわいい動物しばりで決めんとぞ、かく見出したる。

兎の仔見てゐれば雪降りいでぬ柔きねむりのかたまり七匹《ななつ》　齋藤史《ふみ》

迷っているとメリのひざにうさぎの仔が乗って来たのでこれに決定。

もふり堂からのおすそわけであります。

こうして、どきどきふわふわふかふかの心もちで、銀のメダルを三つたずさえてケムリテ第五支部へ戻り、三万円を得て、メリと僕とで山分けしました、とさ。

モダンクエスト

flâneur 08

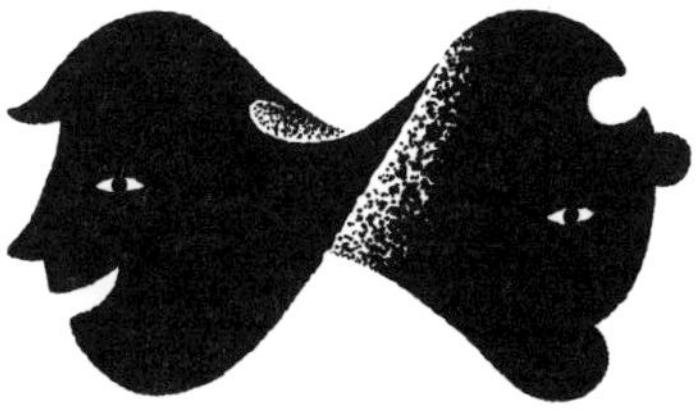

「モダニズムって」とメリが言う。

「近代好きってことかな」

「うん、きっと」

「ジュンは近代、好き？」

「えー、よくわかんない。前近代にいたことないし」

「ずーっと近代にいるんだね、わたしたち」

「うん」

「じゃ現代は？」

「え」

「現代は近代の後」

「うん」

「今は現代」

「うん」

「もう近代じゃないの？」

「わかんないなー」

「モダンとかモダニズムってもう昔のものなのかなあ」

「わかんない×二」

という話があった一週間後に、メリの部屋へ行くと、

「ほらこれ」と厚い黒い本を見せてきた。

「最近出た本」

というそれは、黒のカバーに金の字で『左川ちか全集　島田龍編』とあった。表紙の黒地に白い線、で右片方にまだら模様のある蝶のような羽を広げている女の人？　なのかどうかよくわからないが、髪らしいのを左に靡《なび》かせて立っている、そんな線画があった。右上に十字の模様もあった。

「左川ちかって詩人？」と白地の帯に記された言葉を見ながら。

詩の極北に
屹立する
詩人・左川ちかの
全貌がついに
明らかになる――。

とあったので。

「うん。モダニズムの詩人なんだけど、長い間なかなか詩集が手に入らなかったらしいよ」

「でもいきなり全集？　これ一冊で？」

「早く死んだ人なんだって。二十四歳十一か月だって」

「若っ」

「だから一冊で全部なんだって。詩だけじゃなくて散文・日記・書簡と翻訳もあるよ」

と言う、メリと今日もお茶しながら、

「どんな?」

と読ませてもらうと、最初の方にあったこれ、

雪が降つてゐる

私達の階上の舞踊会!!

いたずらな天使等が入り乱れてステップを踏む其処から死のやうに白い雪の破片が落ちて来る。

死は柊の葉の間にゐる。屋根裏を静《しずか》に這つてゐる。私の指をかじつてゐる。気づかはしさうに。そして夜十二時——硝子屋の店先きではまつ白い脊部をむけて倒れる。

古びた恋と時間は埋められ、地上は貪つてゐる。

「これ、いいね」

「いいっしょ」

「モダンな感じってこんなのかな」

「でも、死が」

「うん。それと次のページの」

緑の焔

私は最初に見る　賑やかに近づいて来る彼らを　緑の階段をいくつも降りて　其処を通つて　あちらを向いて　狭いところに詰つてゐる　途中少しづつかたまつて山になり　動く時には麦の畑を光の波が畝《うね》になつて続く　森林地帯は濃い水液が溢れてかきまぜることが出来ない　髪の毛の短い落葉松《からまつ》　ていねいにペンキを塗る蝸牛　蜘蛛は霧のやうに電線を張つてゐる　総ては緑から深い緑へと廻転してゐる　彼らは食卓の上の牛乳壜の中にゐる　顔をつぶして身を屈めて映つてゐる　林檎のまはりを滑つてゐる　時々光線をさへぎる毎に砕けるやうに見える　街路では太陽の環の影をくぐつて遊んでゐる盲目の少女である。

私はあわてて窓を閉ぢる　危険は私まで来てゐる　外では火炎が起つてゐる　美しく燃えてゐる緑の焰は地球の外側をめぐりながら高く拡がり　そしてしまひには細い一本の地平線にちぢめられて消えてしまふ

体重は私を離れ　忘却の穴の中へつれもどす　ここでは人々は狂つてゐる　悲しむことも話しかけることも意味がない　眼は緑色に染まつてゐる　信じることが不確になり見ることは私をいらだたせる

私の後から目かくしをしてゐるのは誰か？　私を睡眠へ突き墜せ。


「なんかわかんないけど危機感」

「すごく危機感」

「これもモダニズムなの？」

「そこでさ」と、メリがテーブルの脇においていた小冊子を取って開いた。

それは『ポエッター』というフリーペーパーで、今回のは「左川ちか小特集」とあった。

毎回、詩歌についての特集が組まれるよ、とメリが言った。

「これ」とさすところに、左川ちかについてのエッセイらしいものが載っていて題名が「触角の上に空がある」、執筆者は大島《おおしま》布由季《ふゆき》とあった。

こんなことが書かれている。

左川ちかの詩からは多くの心惹く言葉が見出されて来るが、最近たまたま、ほんのたまたま、気になった言葉が「花」という詩の第二節、

林の間を蝸牛が這つてゐる

触角の上に空がある

モダニストにも北川冬彦のように強固な拒絶の意志と精神性を示した(「戦争」など)詩人はいたが、それは社会動向への抵抗という半ば共有された思想から発していた。左川はそうでない。世界にただ一人対峙している。しかしそれが伝統回帰や、詩人のプライベートな、つまりは私小説的な吐露に逃れようとしていない。

飽くまでも近代という未曾有の時間を進む志があるだけだ。左川がたびたび、狂騒的な、激しい動きの記述とともに伝えて来る、その近代は、おそらく酷い混乱をともなう何かなのだろう。だが可能性はなくしていない。

触角の上には空があったからだ。

「へー」

「へー、でしょ」

「モダニズム、わかった気になった」

「気になっただけだけどね」

「でもこの大島さんに聞けばモダニズム名人になれるかも」

「かも」

「この人誰？　どこに行けば会えるの？」

メリは『ポエッター』の後ろの方にある「執筆者紹介」のページを見せた。


大島布由季（おおしまふゆき）　批評家。

著書『モダニズム詩の未来』（丘の上社刊）ほか。

対応ご希望の方は毎火曜日14：00、丘の上社屋上へ。前日までに社に通知を入れてください。なお雨天中止。


「屋上って」

「屋上に行けばいるってことかな」

よくわからないけど、次の週の火曜日、メリと丘の上社をめざした。

出版社丘の上社は飛石《とびいし》駅から徒歩三十分くらいの所にある。距離的には駅から近いのだが、社名通り高い丘の上にあってそこまでの坂が長いので歩けばだいたい三十分くらいかかる。午後一時過ぎには駅に着くようにした。

道路は車道歩道に分かれて舗装されているから歩きにくくはないけど傾斜が急。冬で十二月で二人ともコートふかふかだったが、坂を行く間に暑くなってくるので休み休み登った。

そのうち、

「足痛やのう。駄賃馬に乗りたやのう。殿のう」とメリが言うのだが、馬はいないよのう。うまいことタクシーが通ってものう。もうあと数分くらいのとこだから堪《こら》えまし、と言う僕も足の重うて候《そうろう》。

道の脇に、他の所の街路樹よりずっとたくさん、もさもさ立つ木の合間から覗ける丘下の建物が随分下の方に見えるね、と思った辺りでやっと現れた、地上十階建ての丘の上社。道路の周囲からさらにもっさもさに続く欅《けやき》の林の間につんと立つ、縦長、白色のビルディングが、丘の上にはこれだけ、独占状態で、あたり一帯のランドマークにあらす。

昨日、電話で話はしてあった。ガラス扉両開き自動の入口をまっすぐ入って正面の受付の女性に、

「あのう、今日、大島布由季さんに会いたいなら、貴社の屋上へ来るようにいわれたんですが」

「わかりましたお名前を」

というわけで、

「昨日お約束いただいたメリとジュンです」と告げると、

「これどうぞ」と鍵をわたされて、

「どうぞエレベーターで十階へ」と言われて警備員の間を抜けて、左奥のエレベーターで上がるのだった。

十階ではさらに奥の方の扉があってそこから屋上へ上がる、と受付で教えられた。扉から階段で屋上へ、すると周囲に柵があって、中央には大きな看板を掲げた塔屋《とうや》があって。

ぴぷーと風が一払い、メリと僕の頬を撫でる。冷たいけど鮮烈で、ああ空の下。

「なんかあるよ」とメリが発見した、それは、塔屋の上に登るための鉄梯子の脇に貼られた白いプラスティック板で、そこに明朝体風の黒い手書き文字が、

「御用の方は上へ」とあるのは、これ大島さんの指定なの？　でもここで他に考えられることはないよね。よね。

塔屋の上の方に大きい看板があって、四方向に「丘の上社」と書かれている。梯子は看板の内側へ入るように続いている。

「これを？」

「上に大島さんがいるの？」

「ここに住んでる？」

なわけはないと思うけど、二人で登ったのである。コートをはたはたと、やっぱり風が手を引くね。

十階の上にもう一階分ある感じで、この壁の中にはエレベーター関連の機械と貯水槽があるんだろうな。よく見る貯水槽が上に載っていないので、中に収納タイプと思われ。

上がってみると、一辺が五から六メートル、ってくらいの正方形の鉄の板が屋根になっている。その周り四方を囲む形のちょっと錆びた鉄板が看板なので、囲みに隠れた形になっている。

「ほらあれ」とメリ。

「おお」

屋根鉄板の真中にこれも鉄製のテーブルみたいな盛り上がりが固定されている。こちらに錆はなくて鈍く光っている。その前後ろに二基、簡単なベンチがある。

「やっぱり人が来るようにしてある」

「座るように?」

「なんでかなあ」

「わざわざねー」

僕が、メリが、不審顔で一方のベンチに並んで座って見ると、目の前の鉄テーブルのすぐ手前に、

「これ」

「鍵穴」

受け取った鍵をさし入れて、回る側へ半回転、すると、ごごごご、

「うわ」「うお」

「上がってる」

鉄の屋根は今、僕たちにとっては床で、その床が持ち上がって上昇してゆくのだった。

鉄床は周囲の看板の上端より少し低い位置で止まって、すると四方の看板がまあ、落下防止の手すり的な？　そんな感じの状態になった。

しかも、テーブルの真中がするすると開いて、中から音響機械みたいなのが現れた。端にあるランプが緑色に灯ると、いきなり、

「はい。大島です」という声が響いて、それがラジオヴォイスで生《なま》な感じがない。

機器の左隅にスピーカーが見える。その脇にマイクがある。

マイクを取って、

「『触角の上に空がある』読みました。モダニズムについて教えてください」

「今見上げて」

「ん？」

「すぐ上に空があるでしょう」

「はい」

「今、機械があなたたちを支えているでしょ」

「はい」

「あたりで一番高いビルと支える機械とそこから見上げる空。これがモダニズムです」

「えー、えー、そう言われるとそうかもしんないけど」とメリが、

「でももう少し、ねー、えー、というか、こんな仕組み、どうして?」

「わたしが丘の上社に造らせたのです」

「あなたは丘の上社の社長さんか何か?」

「いいえ」

「どうしてそんなことできるんですか?」

「それはね」

「はい」

「わたしは大島布由季という評論家ですが、別名があります」

「はい」

「村谷夏樹《むらたになつき》といいます」

「えっえー」「ええー」「えええー」

村谷夏樹は『デンマークの森』とか『バネつき鳥年代記』とかで知られるベストセラー作家で、どの本もこの丘の上社から出ていて、丘の上社ビルが建ったのは村谷氏のおかげと言われているのだ。

それを聞くと納得だけど、でもぉー、

ない。

「それー、本当ですかー」

「こういうふうに顔合わせないで話すようにしているのも村谷夏樹の方針です」

村谷氏は海外でも人気が高くて、最近、ノーベル文学賞ノミネートか、というくらい話題で、出る本すべて百万部近く売れるのだが、デビューの頃から絶対に顔を出さないことでも知られる。音声での対話やインタビューは行うのだが、写真はひとつも公開されていない。

「うーん、そう言われると」

こんな変な仕組みを社の上に造らせることができるのも村谷夏樹氏だからという証明に、まあああ、なるかなあ。

とメリと見合わす顔。「かなあ」「かなあ」

「小説家だけじゃなかったたってことですか」と訊くと、

「わたしはもともと評論を書くのが好きで、読んだ本のことあれこれ話していたかったんだけど、なんか最近は評論家っていうと肩身が狭いですね。小説の売り上げのための応援要員としか見られていないみたいで。間違ってますけどね」

「あ、はい」

「とにかく一度、出版業界にとって必須の人にならないといけないなと思って、わたしの死んだ友人をモデルにした『デンマークの森』を書いて丘の上社の『深遠』の新人賞に送ったら受賞して芥川賞ももらってよく売れたので小説家も続けています」

『深遠』は五大文芸誌と言われる純文学誌のひとつで、「深遠新人賞」は純文学の新人賞だけど、ときどきすごく売れる作品が出ることもある。『デンマークの森』がそう。

「それでは評論は」

「評論って、たまたま売れるのはいいけど、売るために書くものじゃないんで、こうやって別名でやってます。いろいろとしがらみも嫌だし。村谷夏樹による批評だと思われるとつまらないこと書いても権威になっちゃいそうだし。それじゃ駄目なんだ。何の背景もない無名者同然の人による純粋評論でいきたいのです。だからそういうのに反応して話しに来てくれる人には特別席を用意してるのです。ここに人が来るのは年に数人程度だけどね」

「光栄です」

「モダニズムですが、『触角の上に空がある』に書いた通りだけど、これは流派ではありません」

とようやく始まった、モダニズム講義。こんな感じ。

文学では二十世紀初頭に始まった前衛的な手法による試行をモダニズムと呼ぶ。まず平易で素朴な自然主義的手法を疑うところから始まっている。モダニズム文学の特徴は伝統的な表現の否定、写実的な表現の否定、新しい表現方法の模索、未来への期待、といったところでよいでしょう。大正・昭和初年の日本ではそこに都市への強い憧れが加わる。

日本でモダニズムというと、都市的、現代風俗的なもの、お洒落なものを描く作品をさすことが多いが、欧米でのモダニズムは「意識の流れ」のような新しい手法による前衛作品を言うのが普通。方法に意識的ということだ。それとモダニズムについて伝統との断絶が強調されることもあるが、それは飽くまでも伝統的な表現の拒否の意味で、古典作品を見直して、自分流に現代的に書き換えることがモダニストには多い。ジョイスの『ユリシーズ』はホメロスの『オデュッセイア』の現代的書き直しだ。

でもやっぱり日本ではモダニズムと言うと今でもお洒落とかスマートとか都会的とかハイカラとかそういうニュアンスの受け取り方が強い。その憧れは現代でも生きているし、そういうところでモダニズム文学を愛する人は今も多いんじゃないだろうか。

「ありがとうございまーす」(二人交互に)

「ところで」と大島氏。

「そのテーブルの引き出しに双眼鏡が入っているから取り出して御覧なさい」

言われたように左手側にある引き出しを引いてみると黒い双眼鏡があった。

「それで周りを見て」

二人交互に覗いた。全景広くて全域が遠くまで、今日は晴れているので一層よく見わたせる。

そうだ、ここはあたり一帯で一番高い場所なのだ。すべて見おろせる位置なのだ。

冬の晴れた空の下、時計塔も、白黒ビルも、ケムリテも、屋上ジャングルも、ドレミ横丁も、本迎司市立図書館《ほんげいいし》も、弓宜《ゆぎ》神社も、ケヤキエノキ公園も、喫茶ラピーヌも、夜暗《よるくら》ビルも、見える。

あ、今日も遠くにメルヴェイユ号が浮いている。

「そういうのが日本の人の望むモダニズム的風景」

代わる代わる、視線のフラヌール。

「都会の、なんだか奇妙、不思議な建物、とか、おかしな体験で一杯の世界」

「そうかな」「うんそうだな」

「そういうところでふらふらするんでしょう」

「はーい」

「楽しいでしょう」

「はーい」

「ところが、そういう都会の愉しみなんて、人生の辛さや社会の矛盾の厳しさを見ないでいるだけの浮薄な吹けば飛ぶような無価値なものだなんて、聞かされたりしませんか」

「あるある」

「そこがもう間違っている。深刻なこと、苦しいこと辛いことを描くのも文学だ。だが浮薄な表現も文学の価値に変わりはない」

「でも主張する自信ないですけど」

「好きなことを自由にやっている人は皆、少しずつ浮薄なんだ。たまたま、稀に社会が調子いい時、人は浮薄に生きられる。そこでは奇妙で無意味な言葉が口にされたりする。遊びが始まる。そしてそれらは、もともと物質的な限界の中にいる地上の生物で、いつもそうそう楽には生きられない人間の、稀有な時間の記録なんだ。恥じることも否定することもない。人類の、ほんの僅かな陽射しの中だけの果敢ない戯れなんだ。嘉《よみ》されるべきなんだ」

大島さんの言葉がちょっと曇った。ように思える。平たくて音域の狭い声なのでよくはわからないが。空は今も冷たく晴れて風が翔る。薄雲がすらりと伸びている。「あれ、ひこうき雲」とメリ。

飛行機はいつも届かない先を求める、どこまで行っても留まらない速度という希望、って誰の言葉だったか、そうだ、空。そうだ、見たこともないものおかしなもの変わったものを求める心。

「でもときどき考えたりしませんか、最近、映画でよくマルチバースって」と大島氏。

「あ、知ってる、多重世界とか」

「並行宇宙とか」

「今ここでわたしたちが無意味に楽しく空を眺めている世界の隣に、ひどい戦争や疫病や圧政や差別、格差、狂信、そんなのに蹂躙《じゅうりん》される別の世界があるかもしれない」

メリも僕も黙った。空が。ああ、空ゆく雲の速さよ。

「って、思うんだけど」と大島氏。

「きっと」とメリが言う。

「きっと、そういうのから少しでも逃れることを祈って詩があります」

「詩に機能を求めてはいけない。詩は目的のためには書かれない。詩そのものが目的だから」

「ええ、そうですね、でも詩は祈りでもあって」

「あの」と僕が、

「ゆるふわ姉妹っていう二人が、なんか言ってた」

「全然役には立たないけど」とメリ。

「この世界が少しだけ気楽でありますようにって」

「それもモダニズムなのかな」

「もともとどちらでもいいことなんです」と大島氏。

「気楽、いいです。わたしはねー、小説もいいけど、あれ、ひとつ書くのが大変で」

「お察しします」と言ってみたけど、ベストセラー純文学作家の悩みは一般人には理解されないなあ。

「評論中心で、少しだけ、超有名な詩を書いて、詩人で評論家、っていう立場を得たヴァレリーやエリオットみたいなのがわたしの理想です。詩は最高のをひとつ書けば大詩人だし、後はこつこつ批評を続けて文学の世界で生きる」

そうなのかなあ。とメリの不審顔には賛成します。

というより、本当に、ほんとーに、この人、村谷夏樹なの？

「あのー、やっぱり本当に村谷夏樹さんなんですか？」

「証明はできないですね、そうだ」

と続けて大島氏、

「この声はマルチバース的な隣り合う世界から来ているとしたら」

「想像ということなら」

「そういうことにしてみてください。わたしの知っているミステリー作家が、並行する異世界から届く謎解きというマルチバース探偵の話を書いています。そんな感じで」

少し翳ってきた、空も。西日が赤くなっている。

「最後に、ひとつだけ、あなた方も読んだだろう、左川ちかの詩」

機械のような声が朗読した。

花咲ける大空に

それはすべての人の眼である
白くひびく言葉ではないか
私は帽子をぬいでそれらを入れよう

空と海が無数の花弁《はなびら》をかくしてゐるやうに
やがていつの日か青い魚やバラ色の小鳥が私の頭をつき破る
失つたものは再びかへつてこないだらう

その後、メリと僕はお礼を言って、双眼鏡をしまって、鍵を反対に回して、鉄床を降ろし、梯子を下りた。

十階建てを一階へ下りた。

高い丘の坂を下りた。

大きな夕焼けが始まっていた。

メリは、

「失ったものは何？」

と言った。

［参照・参考・引用文献］

・ヴァルター・ベンヤミン 著 今村仁司・大貫敦子・高橋順一・塚原史・三島憲一・村岡晋一・山本尤・横張誠・與謝野文子 訳『パサージュ論　Ⅲ　都市の遊歩者』岩波書店 1994
・『萩原朔太郎全集』第1巻・第2巻　筑摩書房 1975・1976
・『日本の詩　大手拓次』ほるぷ出版 1985
・寺山修司『さかさま世界史　怪物伝』（角川文庫）角川書店 1974
・小林秀雄 訳『ランボオ詩集』（創元ライブラリ）東京創元社 1998
・鈴村和成 訳編『ランボー詩集』（海外詩文庫）思潮社 1998
・宇佐美斉 訳『ランボー全詩集』（ちくま文庫 2020 年版）筑摩書房 2020
・『スタンダード佛和辞典　増補改訂版』大修館書店 1978
・亀井俊介 編『対訳 ディキンソン詩集—アメリカ詩人選（3）』（岩波文庫）岩波書店 1998
・新倉俊一 訳編『ディキンスン詩集』（海外詩文庫）思潮社 1993
・岡隆夫 訳『エミリィ・ディキンスン詩集』桐原書店 1978
・谷岡清男 訳『愛と孤独と—エミリ・ディキンソン詩集Ⅰ—』ニューカレントインターナショナル 1987
・小高賢 編著『現代の歌人 140』新書館 2009
・石川美南『砂の降る教室（現代短歌クラシックス 02）』書肆侃侃房 2020
・『現代俳句の世界 1　高濱虚子集』（朝日文庫）朝日新聞社出版局 1984
・桂信子『草樹』角川書店 1986
・鷹羽狩行『句集　俳日記』本阿弥書店 1999
・『新日本古典文学大系 56　梁塵秘抄・閑吟集・狂言歌謡』岩波書店 1993
・江戸川乱歩 著 宮崎駿 カラー口絵『幽霊塔』岩波書店 2015
・『日夏耿之介全集　第二巻　譯詩・翻譯』河出書房新社 1977
・堀口大學 訳『シュペルヴィエル抄』小沢書店 1992
・最果タヒ『夜景座生まれ』新潮社 2020
・河野裕子『鑑賞・現代短歌三　齋藤史』本阿弥書店 1997
・島田龍 編『左川ちか全集』書肆侃侃房 2022
・『日本の詩歌〈25〉北川冬彦・安西冬衛・北国克衛・春山行夫・竹中郁』中央公論社 1969

［初出］

「flâneur 01　フラヌール」
書き下ろし

「flâneur 02　林檎料理」
『別腹』7号（2014年5月）
→『エイリア綺譚集』（国書刊行会／2018年11月）

「flâneur 03　永遠ハント」
書き下ろし

「flâneur 04　Dエクストラ」
書き下ろし

「flâneur 05　きの旅」
『ユリイカ』「特集　菌類の世界――きのこ・カビ・酵母」
（青土社／2022年5月）

「flâneur 06　ポエティック・スポット」
書き下ろし

「flâneur 07　塔と空と柔毛」
書き下ろし

「flâneur 08　モダンクエスト」
書き下ろし

［著者略歴］

高原英理（たかはら・えいり）

1959年生まれ。立教大学文学部日本文学科卒業。東京工業大学大学院社会理工学研究科博士後期課程修了（価値システム専攻）。博士(学術)。1985年第1回幻想文学新人賞受賞。1996年第39回群像新人文学賞評論部門優秀作受賞。主要著書に『少女領域』『エイリア綺譚集』『高原英理恐怖譚集成』（以上、国書刊行会）、『無垢の力』『ゴシックハート』『不機嫌な姫とブルックナー団』（以上、講談社）、『ゴシックスピリット』（朝日新聞社）、『神野悪五郎只今退散仕る』（毎日新聞社）、『月光果樹園』（平凡社）、『アルケミックな記憶』（書苑新社）、『うさと私』『観念結晶大系』（書肆侃侃房）、『怪談生活』『歌人紫宮透の短くはるかな生涯』（立東舎）、『日々のきのこ』（河出書房新社）がある。編著に『書物の王国6　鉱物』（国書刊行会）、『リテラリーゴシック・イン・ジャパン』『ファイン／キュート』（筑摩書房）、『ガール・イン・ザ・ダーク』『深淵と浮遊』（講談社）、『少年愛文学選』（平凡社）、『川端康成異相短篇集』（中央公論新社）。

詩歌《しいか》探偵《たんてい》フラヌール

二〇二三年一二月二〇日　初版印刷
二〇二三年一二月三〇日　初版発行

著者★高原英理
発行者★小野寺優
発行所★株式会社河出書房新社
〒一五一—〇〇五一
東京都渋谷区千駄ヶ谷二—三二—二
電話　〇三—三四〇四—一二〇一［営業］
〇三—三四〇四—八六一一［編集］
https://www.kawade.co.jp/

組版★株式会社キャップス
印刷★株式会社暁印刷
製本★大口製本印刷株式会社

Printed in Japan　ISBN978-4-309-03087-6